—— 中国散文 60 强 ——

野外的事情

周华诚 / 著

北京联合出版公司
Beijing United Publishing Co.,Ltd.

图书在版编目（CIP）数据

野外的事情 / 周华诚著. -- 北京 : 北京联合出版公司, 2024. 8. -- （中国散文60强）. -- ISBN 978-7-5596-7813-3

Ⅰ. I267

中国国家版本馆CIP数据核字第2024QU1735号

野外的事情

作　　者：周华诚
出 品 人：赵红仕
出版监制：张晓冬
责任编辑：孙志文
特约编辑：和庚方　张　颖
封面设计：立丰天

北京联合出版公司出版
（北京市西城区德外大街83号楼9层　100088）
三河市同力彩印有限公司印刷　新华书店经销
字数150千字　650毫米×920毫米　1/16　14印张
2024年8月第1版　2024年8月第1次印刷
ISBN 978-7-5596-7813-3
定价：65.00元

版权所有，侵权必究
未经书面许可，不得以任何方式转载、复制、翻印本书部分或全部内容。
本书若有质量问题，请与本公司图书销售中心联系调换。
电话：17710717619

"中国散文60强"丛书

编委会

丛书总策划

张　明　　著名出版人

编委主任

邱华栋　　全国政协常委

　　　　　中国作家协会副主席、书记处书记

编　委

叶　梅　　中国散文学会会长

陆春祥　　中国散文学会副会长

冯秋子　　中国作家协会原社联部副主任

吴佳骏　　《红岩》编辑部主任

张　英　　资深媒体人

文　欢　　作家、资深编辑

中华散文的文脉与发展

——"中国散文60强"总序

邱华栋

中国是诗的国度,亦是散文的国度。

穿越千年时空,从明清至唐宋,再由魏晋南北朝至两汉先秦一路回溯,汉语言文学中的散文实乃根深叶茂,硕果累累。无论是"唐宋八大家"之雄文美文,还是骈俪多姿的辞赋,以及名垂史册的《史记》《左传》,均为中国文学史上的璀璨明珠。"散文"与"诗"一道,成为中国文学的"嫡系"。尽管,后来从西方引进嫁接技术所催生的"小说",大有"喧宾夺主"之势,终究还得"认祖归宗",血脉和基因是无法改变的。

在中国散文流变历程中,曾出现过两次鼎盛期。一次是被文学史家所公认的"先秦散文"时期。其时,伴随着春秋时期的思想解放,诸子蜂起,百家争鸣,一大批散文家以饱满的气血、驳杂的学识和破茧的精神,创造出了散文的繁荣和辉煌局面,对后世产生了极大的影响。

到了"五四"时期,中国散文迎来了第二次鼎盛期。白话文如劲风激浪,吹刮和涤荡着神州大地。沉睡的雄狮醒来了,偃卧的小草开始歌唱。许多学贯中西的进步文人,肩扛文化变革的大纛,冲锋陷阵,掀起了一波又一波的新文学浪潮。《新青年》上刊载的散文,犹如一束束亮光,不但给人以希望,还给人以力量。"五四"以来的散文作品，无论是观念和主题，还是形式和风格，都跟以往的散文迥然不同。最具代表性的，当属鲁迅先生的散文（包括杂文），其刚健、凌厉的文质，疗救了中国散文长久以来颓靡不振、钙质疏流的顽疾。此外，周作人、郁达夫、朱自清、萧红、沈从文等一大批作家的散文创作亦各具特色，呈一时之盛，影响深远。

时代的前行催生了文学的发展，然而文学与时代有时并不同步甚至充满了"张力场"。"五四"的个性解放虽然催生了一批个性鲜明的散文精品，但这样的生态并未持续多久，中国散文的波峰出现了向低谷滑行的趋势。有论者指出，"散文在50年代既是对解放区散文文体意识的放大，又是对五四散文文体精神的进一步偏离。这种放大和偏离表现在个体性情的抒发让位于时代共性或者时代精神的谱写，政治标准优先于艺术标准，批判性为歌颂性所取代等诸方面。"（董健、丁帆、王彬彬《中国当代文学史新稿》）1960年代初，散文创作一度出现了活跃，"专业"从事散文创作的作家群凸显出来，刘白羽、杨朔、秦牧相继登场，迅速成为散文界的三位名家。但他们的作品后人评价褒贬不一，认为其中颂歌式的写法较为单向，这种模式化的写作，不但对散文的建设毫无益处，反而扼杀了散文的个性和神采。

"文革"十年，中国散文更是一片凋零和荒芜，乏善可陈。1970年代末，一些历经浩劫的作家开始复苏，解除思想枷锁，重新拿起笔来写作，中国散文才又凤凰涅槃，焕发生机。加之各种文学刊物纷纷复刊和创刊，以及大量西方文化读物的译介出版，更为这些饥渴、桎梏太久的散文作者提供了登台亮相的舞台和瞭望世界的窗口。

1980年代初期，伴随改革开放的热潮，思想解放大旗招展，文化随之繁荣，诸多承续"五四"精神的作家以笔为旗，抒发胸中压抑既久之块垒，出现了一批抒情性质浓郁的散文，使得现代散文这块"百花园"芳菲争艳，蔚为大观。特别是1980年代中期，随着作家主体意识的不断强化，中国文学开始呈现出一个崭新局面，作家从"集体意识"中抽身而出，重新返回"个体"，注重对生活的体察和内在情感的表达。这一时期，散文的艺术性得以强化，文本的精神内涵和表现空间得以拓展。

进入1990年代,社会发展日新月异,城镇化进程锐不可当,文化领域亦呈多元格局。各种文学思潮相互碰撞,人文精神的讨论更是打开了作家们的创作思路。"大散文"概念的提出,引发了散文界对散文的内涵和外延的重新讨论和界定。风靡一时的"文化散文"热,成为文坛上一道靓丽的风景。"新散文""原散文""后散文""在场散文"等散文流派"你方唱罢我登场",争奇斗艳,各领风骚。

及至二十世纪末,一批深具先锋意识和文体自觉的新锐作家,像一头公牛闯入瓷器店,使散文天地发生了激烈的碰撞和变化,形成一股新的散文潮流,提升了散文的审美品质和精神向度。

纵观1978年至2023年四十多年来,中华大地在"改开"的黄金时代中,社会生活奔涌激荡,各种思潮风起云涌,散文创作更是云蒸霞蔚、气象万千,涌现了众多成就斐然、风格各异的散文作家和具有思想深度、艺术上乘的散文作品。岁月的流水冲走了枯枝败叶和闲花野草,中流砥柱却巍然屹立。时间留住了新时代的散文经典,经典在时间的长河中绽放光芒。以沙里淘金的经典散文向"改开"的时代致敬,是我们不可推卸的责任和义务。

别看散文的门槛貌似很低,要真正写好,却实属不易。优质散文是有难度的写作,它不但需要作者的智识、胸襟、眼界、修养和气度格局;更需要写作者的态度、立场、慈悲、良知和批判勇气。遗憾的是,散文创作繁荣和光鲜的另一面,却是大量平庸甚至低劣之作的泛滥,不但败坏了读者的胃口,而且造成了物质和精神的极大浪费。散文作家层出不穷,散文作品汗牛充栋,可真正能让人记住的散文佳构却凤毛麟角。

散文要发展,文学要前行。发展和前行就要从平庸的樊篱中突围。在突围的过程中,散文作家不可太"聪明",不可太世故,要永存对文学的敬畏之心。一言以蔽之,散文的尊严来自散文作家的尊严。也可以说,要想散文繁荣,首先需要有一批人格健全,品德高尚,铁肩担道义的散文作家。什么样的人写什么样的文章。特别是写散文,最容易看出一个作家的内在品质和境界涵养。一个人格不健全的人，哪怕他作文的技法再高妙，也很难写出撼人心魄、抚慰灵魂的散文来。作家精神品质的高低，直接决定其作品的精神向度。

为了散文写作的突围和发展，为了建设独具特质的当代散文，也是为了更好地从经典散文中汲取营养，我认为有必要正视和重申一些常识性的思考。高头讲章的理论是灰色的，常识之树却蓊葳常青。

一、作家的个体精神决定散文的优劣。常言道，散文易学而难攻。难在什么地方，不是难在技巧，而是难在作家个体精神的淬炼上。倘若作家的个体精神不够丰富，不够深刻，不够清澈，纵使他手里握着一支生花妙笔，也写不出令人称赞的散文。那么，如何才能做到个体精神的丰富性呢，这就要求作家时时刻刻不背离生活，要知人情冷暖，体察人间百态，关心民瘼，有忧患意识，不要做生存的旁观者。一个冷漠甚至冷酷的人，是不适合从事散文创作的。

二、真诚是确保散文品质的基石。散文创作跟作家的生存经验息息相关，可以说，真正优质的散文，无不牵连着作家的血肉和心性。作家的喜怒哀乐，悲欢离合，都或隐或显地暗含在他的作品中。假如在一篇散文作品中，读者既看不到作者的体温，又看不到作者的态度，那这篇作品或许就是失败的。说明这个作者在他的作品中"说谎"或"造假"，缺乏真诚之心。作家一旦失去真诚，为文必定矫揉造作，作品也必定会失去生命力。因此，真诚是散文的"生命线"，也是"底线"。

三、个性是促进散文生长的养料。人无个性便无趣，文无个性便平质。当下，每年都会诞生数以万计的散文篇章，但能够让人记住，且读后还想读的作品并不多，何故？概在于这些数量庞大的散文，无论题材，还是语感都千篇一律，像是从"模具"中生产出来的，缺乏辨识度。散文要发展，必须要求作家具有"个性意识"。"个性意识"不是标新立异，更不是哗众取宠，而是一种"创新意识"和"审美意识"。但凡在散文创作方面被公认的那些大家，都是"文体家"，他们以自觉的写作实践，开创了散文写作的新路径。不合流俗方能独步致远，推动散文的建设和繁荣。

当然，以上几点并非创作散文的圭臬，谁也没有资格去为散文"立法"。

散文是自由的创造，散文精神即自由精神。我之所以提出来，仅仅是希望引起散文同行们的重视和参考，共同为中国当代散文的发展尽力增光。

我们策划、编选"中国散文60强"（1978—2023）的初衷，旨在对新时期以来的中国散文创作作出梳理、评价和选择，试图精选出风格各异的代表性散文作家，以每位一部单行本的形式，呈现出中国新时期优质散文的大体样貌。此项目的发起人为资深出版人张明先生。多年来，他一直追求做高品位的纯文学书籍，也曾连续多年与中国散文学会、中国小说学会合作，出版年度《中国散文排行榜》和年度《中国小说排行榜》。2023年他策划出版了《中国小说100强》，反响不俗。身处喧嚣、纷杂的环境，能以如此情怀和心力来为文学做如此浩大的工程，不能不令人钦佩！

感谢张明先生邀请我和叶梅、冯秋子、陆春祥、吴佳骏、张英、文欢组成编委会，共同遴选出60位作家。我们在召开筹备会的时候，即将作品的思想性、艺术性、代表性以及影响力作为编选的基本原则。在确定入选作家名单时，我们认真商讨，反复研究，生怕因为各自的眼力、审美和趣味之别，造成遗珠之憾。好在我们的工作得到了作家们的积极回应和鼎力支持，惠风和畅，大地丰饶。

60位入选的作家，既有令人尊敬的文学大家，如孙犁、张中行、汪曾祺、史铁生、邵燕祥、流沙河、刘烨园、宗璞、贾平凹、韩少功、张炜、梁晓声、阿来、冯骥才等。这批散文大家的作品，文风质朴、清朗、刚健，充满了"智性"和"诗性"。无论他们是写怀人之作，还是针砭时弊，歌咏风物，都有着鲜明的文化立场和审美取向。他们或出入历史，借古观今；或提炼人生，洞明世事，输送给读者的都是难能可贵的"精神营养"。

也有被散文界公认的名家，如李敬泽、王充闾、马丽华、周涛、冯秋子、叶梅、筱敏、张锐锋、周晓枫、于坚、鲍尔吉·原野等。这些作家的散文作品，特色鲜明，风格独特，诚挚内敛，从内容到形式，都作出了各自的探索和尝试，为当代散文注入了活力。从他们的作品中，我们不但能够领略汉语之美，更可以借此反观生活与存在，寻找人之为人的价值和尊严。

还有散文界的中坚力量和青年才俊，如彭程、谢宗玉、江子、雷平阳、任林举、塞壬、沈念、傅菲、吴佳骏、周华诚等。从他们的作品中，我们见到的，不只是中国散文的文脉传承，更是自由精神的张扬。他们文心雅正，笔力锋锐，不跟风，不盲从，始终保持着独立的思索和判断，在各自所开辟的散文园地中精耕细作，以崭新的姿态参与和推动当代散文的变革。

其实，细心的读者不难发现，入选本丛书的老、中、青三代作家都有个共性，即他们均在以自己的作品审视心灵，心系苍生，弘扬真善美，鞭挞假恶丑，充满了正义感和人道主义精神。这自然与时下众多书写风花雪月，一己悲欢，充塞小情趣、小可爱的散文区别开来。正是因为有他们的存在，中国当代散文才呈现出一幅绚丽多姿的长卷。

需要说明的是，有些重要的散文家，如张承志、余秋雨、王小波、苇岸、刘亮程、李娟等人，由于版权或其他不可抗原因，未能将他们的作品收录进来，我们深以为憾。

我们还要感谢北京立丰天文化传播有限公司的资金支持，感谢北京联合出版公司的精心编校，他们慷慨和无私的义举，对于繁荣中国当代散文创作、对于赓续中华优秀散文文脉、对于中国新时期的文化积累，均具重大价值和意义，可谓善莫大焉。这套丛书的出版意义将同《中国小说100强》一样，旨在给读者以经典的指引，这既是一项重要的原创文学工程，同时也是助力推动全民阅读和研究传播文化的公益工程。

郁郁乎文哉，中国散文有幸！

是为序。

2024 年 5 月 12 日星期日

（作者为全国政协常委，中国作协副主席、书记处书记）

目 录
Contents

001 | 什查山谷的晨曦

010 | 武夷四时

020 | 人间廊桥

043 | 与一株水稻对视

051 | 深山云起

061 | 晚霞拥有者

077 | 家在白云间

084 | 在新疆

092 | 在水一方

097 | 草木生活

120 | 逐水记

136 | 寒露信札

150 | 树梢上的雨滴滑落下来

158 | 树荫的温柔

172 | 世上红尘隔板桥

180 | 野外的事情

185 | 稷山记

200 | 他们的村庄

什查山谷的晨曦

一

听到第一声猫头鹰叫的时候,符建灵已经在橡胶林里忙碌很久了。他戴着头灯,手执胶刀,锋利的刀口铲开橡胶树皮。嚓,嚓,嚓,声音清脆。胶刀过后,封存在树皮里的乳汁立刻冒了出来,逐渐汇成一条白色的细流,滴落胶碗中。

虫声喧闹,反而衬托出夜的安静。猫头鹰的声音听来可怖,在凌晨一两点钟,尤其令人胆战。橡胶林静静的,处在什查山的山谷之间。这里属于热带雨林国家公园的一般控制区(根据规定,国家公园的一般控制区,仍然有居民在里面生产生活),山谷中没有一户人家。符建灵凌晨一点多钟从家里出发,开摩托车十多分钟就进了山。在什查山谷中,符建灵有一千棵橡胶树。每一棵橡胶树的所在,每一条弯曲的林间小路,他都在黑夜中走过千百遍,因而无比熟悉。

黑暗聚拢,一盏头灯用光线劈开笔直的道路,照亮树木汁液饱满的地方。胶刀一刀一刀割下去,汁液一点一点汇聚起来。

猫头鹰又叫了。猫头鹰的学名是鸮。黄嘴角鸮的叫声非常独特,声音是连续上扬的双音节的金属呼哨音。褐林鸮的叫声如啼哭。领角鸮的声音更加奇特，呜，呜，呜，呜，呜，一分钟叫四五次，这声音，有的人说像是"鬼哭"又像是"鬼笑"，不熟悉山里生活的人，听了一定会毛骨悚然。老人家说，"不怕夜猫子叫，就怕夜猫子笑"，三更半夜的，领角鸮在低矮的树梢上蹲着，暗夜之中悄无声息，突然，它"呜"的一声叫起来，然后张开翅膀像幽灵一样飘忽飞起，真是恐怖极了。

只是，符建灵一点儿都不怕。这片山谷的一切，他早已熟悉。不仅这片山谷，整片国家公园鹦哥岭片区的山林，一草一木，飞鸟走兽，他都无比熟悉。他在元门管理站当护林员已有十年零几个月了，他知道这叫声就是鸮，不管是领角鸮、褐林鸮、栗鸮、黄嘴角鸮，都是夜行动物，只是叫声难听一点而已，并没有什么好怕的。

符建灵生于 1986 年，家在海南黎族自治县南开乡什才村。农业学校毕业后，他到三亚种了两年兰花。后来看到保护区在村子里张贴招聘广告，他就当即报了名，成为海南热带雨林国家公园管理局鹦哥岭分局南开管理站的一名护林员。

南开管理站，去年十月份并入元门管理站。包括站长在内，站里一共有七十一名工作人员。当护林员有一点好，不用离家跑到很远的城市去，只在自己的家乡，既有一份工作，又能照顾家里，照看到自己种下的那些橡胶树。更重要的是，符建灵喜欢山野，喜欢雨林，从小又对动物特别感兴趣，什么飞鸟爬虫，他都能用黎乡土话叫出来。

一种动物，一种野草，一旦你叫得出来它的名字，你就会觉得它亲切了许多，就像是老朋友一样。所以，那些他暂时叫不出名字的，他就会找到村里的老人家刨根问底，时间长了，山野里的一切他都熟悉了。后来，他当了护林员，又跟着来考察的专家们学，回去又对着书本学，他发现，山中万物都有一个无比准确的长长的名字。

海南热带雨林国家公园，是我国首批设立的五个国家公园之一。

这里的热带雨林是我国分布最集中、类型最多样、保存最完好、连片面积最大的大陆性岛屿型热带雨林，是岛屿型热带雨林的代表，也是热带生物多样性和遗传资源的宝库。热带雨林中，鸟的种类十分丰富，这里可谓是鸟的天堂。鹦哥岭，又是海南岛鸟类最丰富的林区之一，是保护海岛鸟类多样性及资源的重要区域。

在鹦哥岭片区，已经被记录到的有250种鸟类，其中留鸟有146种，候鸟有104种。这么多的鸟，叽叽喳喳地在雨林中鸣叫起来，简直就是海南热带雨林鸟类的一支交响乐团。从早到晚，不同的鸟儿，会在不同的区域出现。

符建灵有一项神奇的本事，就算看不见鸟的模样，光听听它的叫声，也能辨别得出是哪一种鸟。至少七八十种鸟的名字，他闭着眼睛都能说得出来。

这么多鸟儿里面，符建灵最喜欢的，还是海南山鹧鸪、海南孔雀雉。山鹧鸪，以曲声为名，它的叫声独特，"咕咕咕""咕咕咕""鹧鸪""鹧鸪"。还有一种声音，"啾""啾""啾"。这是一只雄鸟和一只雌鸟，雄鸟在呼唤雌鸟。雄鸟和雌鸟安安静静地谈着恋爱，窃窃私语，会叫得比较欢快。但是你一旦靠近，鸟儿受到惊吓，就听不到它们的叫声了。还有海南孔雀雉的叫声，有点奇怪，像是松鼠在叫，"咕咕""咕咕咕""咕"，也不怎么好听。但是，它外形很漂亮，也是国家一级保护动物。

有的时候，为了录下鸟叫，符建灵还夜宿山林。隔着几十米远，听到一种鸟叫，就蹑手蹑脚地循着叫声去寻觅。也不能多人一起行动，人多了动静太多，容易让鸟受惊。只能一个人悄悄前行。

海南孔雀雉在晚上六点半开始叫，七点就停了。天热的季节会叫得晚一些。但每晚一般只叫三次。符建灵去找孔雀雉，隔着大概两三百米，朝着叫声方向靠近，走了一段，它就停了，符建灵也就只好坐下来,等待它再一次叫起来。当它又开始叫的时候,符建灵就迅速辨别方向,努力靠近一点。如是者三,最终隔着三五十米的地方,录下了孔雀雉的声音。海南孔雀雉晚上是站着睡觉,蹲下身子,双爪抓着树干,腹部贴靠自己的脚。这种姿势,很可爱,不知道它怎么平衡感那么好,睡觉也不会掉下来。

雨林里的生灵众多,光是蛙类就有39种。符建灵听到过的至少有十几种。泽陆蛙,一听就听得出来。花姬蛙、海南溪树蛙、小湍蛙、锯腿原指树蛙,每一种蛙类,叫起来都有区别。完全无法想象,个子小小的蛙类,叫声居然那么大,可以响彻山谷。

静夜之中,还能听到松鼠和赤麂的叫声。松鼠,至少有五种松鼠,符建灵听得出它们各自的不同。赤麂的数量很少,但偶尔也能听到。每当听到赤麂的叫声,村子里的老人家就会说,呀,明天要下雨了。赤麂是老人家的天气预报。山林里,各种各样的生灵,都会在夜晚发出属于自己的声音。昆虫就太多了,暂且不提;即便是野猪,也会发出自己的声音。

此刻,夜正深。符建灵专注地忙碌着,他一棵树一棵树地工作,割胶,从凌晨一点多钟开始,一直干到清晨五六点钟,每晚要割四百棵树。

在这个枯燥的过程中,猫头鹰、黑冠鹃——这些夜行动物,都会用叫声陪伴他。时间长了,它们都仿佛已是符建灵的老友。

二

凌晨三点多钟,什查山谷中又响起了一连串"啊呼""啊呼"的声音,有点像是老虎的喘气声。符建灵知道,这是黑冠鹃在叫了。

黑冠鸦，当地黎族老人叫它"嗡如"，是一种夜鹭，也是夜间行动的鸟。它的身体深红褐色或是黑色，头顶有一顶黑色帽子，姿态优雅。黑冠鸦的叫声，听起来有些粗哑，"哦""哦"，或是"呱""呱"，大概每隔一秒多钟，它就发出一声，通常也是在凌晨。一连串的深沉的叫声，极为特别。起先符建灵也不知道那是什么鸟，后来他把录下的鸟叫发给专家辨别，也询问了村里的老人，才确认了这种鸟儿叫作黑冠鸦。

为了熟悉每一种鸟叫，五年前，符建灵从鹦哥岭管理站借到一支录音笔，他上山的时候，就把鸟叫声录下来。借着搞野生动物大调查的机会，他一有空就辨认动植物的特征，想法子记住万物的名字。

有时候，为了录下一种鸟儿的叫声，他坐在林子里，藏在草丛中，有时一躲就一个多小时。有些鸟儿生性羞怯，非常警觉，如果有人经过，它就吓得飞走了。符建灵必须耐住性子，悄无声息地隐藏林中。

雨林中的生物很多，山蚂蟥、马蜂、毒蛇，不知道什么时候就会遭遇。热带雨林中的山蚂蟥个头非常小，常常攀附在路边的野草上，它们对于人的气息极为敏感，只要人从旁边走过，它们就会以迅雷不及掩耳的速度攀上衣服，进而贴上皮肤吸血。一般人对蚂蟥觉得很是恶心，但对于护林员来说，山蚂蟥实在是家常便饭，也是最为微小的困扰。有时一趟山林巡护下来，身上被蚂蟥叮了十几处。

作为护林员，符建灵的主要任务是森林管护、防火、宣传、协助科研等工作。符建灵和同伴们一起，每个月有22天上山巡护。有时会背着二十多公斤重的装备，一天徒步行走几十公里。

一年之中，大规模清山活动要组织三次。大规模清山，参与人数比较多，一次上山要四天三晚，其间要翻山越岭，穿越雨林。小规模清山，是三天两晚，每个月都有。清山巡护，主要阻止非法侵占林地、破坏生态环境等，也清除非法盗猎动物的绳套、猎夹等。从前有些人会偷猎盗猎，近些年已经绝迹，民众对于生态保护的意识，到底还是大大增强了。

热带雨林山高林密，路途湿滑，摩托车是护林员们的主要交通工具。但摩托车一般只能开到山脚，再往丛林中去，都得靠脚力。护林员们爬山都很厉害。背包里的装备，有帐篷、睡袋、手电筒、GPS定位仪、相机等工作设备，还要有食物、锅具等生活设施，以及蛇药、感冒药、止痛药等药物。长年累月在雨林中徒步，护林员们都练就了一身翻山越岭如履平地的好技能。

林子里毒蛇也很多，最常见的毒蛇是竹叶青。所幸符建灵并没有被竹叶青"亲吻"过。有一回，他在专注地录鸟叫，一条绿色的竹叶青，无声地游过脚边，吓了他一跳。但他没有动。遇到毒蛇，你要是动一动，它反而认为你要攻击它。你不动，它感觉没有威胁，也就悄悄溜走了。

林子里更多的是神出鬼没的胡蜂。有时候胡蜂的"杀伤力"，丝毫不逊色于一条蛇。有一次，符建灵在山上听鸟，遇到黑领噪鹛。这个鸟有一圈黑领，经常群聚喧闹，一只鸟儿鸣叫，其他鸟儿也跟着高声鸣叫起来。黑领噪鹛在雨林中也算比较常见，只是符建灵没有录过音，他听到黑领噪鹛的叫声，就举着手机专注地录起音来。结果，一只黑盾胡蜂不期而至，一针蜇到了头部。黑盾胡蜂在大型胡蜂里面，毒性不算非常大，但也是危险的蜂类，被它蜇伤也不是闹着玩的。那次是早上八点多蜇到，不巧那次忘带蛇药，这下惨了！回到驻地帐篷，头晕晕沉沉，后来就像被锤子砸脑袋一样疼痛难忍，一直躺到下午六点，才终于缓解。这几年，符建灵说自己跟胡蜂结下了"梁子"，三年被蜇了三次，一次蜇到脚踝，一次蜇到胸前。蜇到脚踝那一次，脚肿了一个星期。

护林员上山的时间比较多，早上八点钟出发，傍晚四点多下班，有时也会晚一点，六点多下山。每天翻山越岭，要走很多路。白天要上班,符建灵就利用晚上的时间来割胶。这一千多棵橡胶树,是符建灵增加家庭收入的方式。护林员的工资每年都在涨,现在加到了两千多元。妻子是本地人,在家务农,孩子今年五岁。孩子慢慢大了,要用钱的地方多,柴米油盐也贵,还是要靠种橡胶来贴补家用。

每天晚上,他八点多钟就睡了,定个闹钟,一点多钟起床,去橡胶林干活,一般会在早上五点多割完。然后把胶水收在桶中。四、五、六、七这几个月,割完就要马上去收胶,要不然容易在碗里结块,那就卖不出好价钱了。十月到十二月,胶水滴得很慢,要八点多去收。一月到三月就停割。割胶的时间,也要跟着季节走。他靠割胶搞经济,一年能割三吨胶水,橡胶的收入是一万多元钱。

一千棵橡胶树,是符建灵亲手种下的。产胶的大概有八百棵,每棵树每两天割一次,今天是这一批树,明天就换另一批树。每一棵橡胶树上都有无数的刀口,像是日子留下的痕迹。下雨天不能割胶,也不能上山巡护,符建灵就会迎来难得的休息的时光。

三

天一点一点地亮起来,晨曦把什查山谷涂上了一层明媚的颜色。许多人一定不知道,唤醒什查山谷的第一声鸟鸣,是由哪一种鸟儿率先唱出的。但符建灵知道——每天早上五点半,第一个叫醒整座山谷的,就是黑枕王鹟。

黑枕王鹟,不懂睡懒觉的鸟。黑枕王鹟身形小巧轻灵,在橡胶林和远处灌木丛中振翅跳跃,黑色和蓝色的羽毛闪耀着光泽。美丽的黑枕王鹟,它们单音节的叫声如此清脆,像是清晨的呼唤,把符建灵叫得精神一振。

黑枕王鹟叫了一分钟左右，紧接着跟上的，是白腰鹊鸲。

白腰鹊鸲的歌声嘹亮婉转，悦耳多变，当它开始歌唱的时候，一个生机勃勃的清晨算是拉开了序幕。

每当黑枕王鹟和白腰鹊鸲开始鸣唱，符建灵在橡胶林的工作基本就要结束了。有时候是五点多种，他终于带着些微的疲累，在橡胶林子的工棚里坐下来，短暂地打个盹，等待天亮，也等待胶碗中的液体汇聚而成。到六点来钟，他又会逐一把胶碗中的液体倒入桶中。

这是快乐的时刻。每一棵橡胶树都向他交付了自己的诚意，他可以收集到四五桶胶水，每桶有四十斤。如果是有十月到十二月，产量还会更多一些。这是对他一夜辛勤劳动的回报。此时此刻，黑枕王鹟叫了一会儿，白腰鹊鸲紧接着又叫了一会儿，符建灵知道，接下来就会有一场鸟儿大合唱的集体演出奉献给他——

淡眉雀鹛、褐顶雀鹛、黄胸绿鹊、栗背短脚鹎、橙腹叶鹎、红头穗鹛、长嘴钩嘴鹛、棕颈钩嘴鹛、斑颈穗鹛、古铜色卷尾、灰树鹊、叉尾太阳鸟、朱背啄花鸟、苍背山雀、白头鹎、黑短脚鹎、红翅鵙鹛、蓝背八色鸫、绿翅金鸠、白腰文鸟、白额燕尾、白喉冠鹎。

"一共是二十二种鸟儿。"他说。

符建灵叫出了每一种鸟儿的名字。"每一天我都叫出它们的名字。"一个沉迷于劳作的人，就这样分辨了清晨的每一种鸟鸣。

整座山的鸟鸣，汇成了清晨的一条溪流。此时，符建灵一点也感受不到身体的疲惫了。整座山的鸟儿已经醒来，不遗余力地向勤劳的护林员奉献了自己精彩的演出。

符建灵不禁为自己脚下的这一片热土感到自豪。它是如此丰富，如此富有生机。这座热带雨林国家公园，拥有国家重点保护植物149种，其中国家一级保护植物7种，坡垒、卷萼兜兰、紫纹兜兰、美花兰、葫芦苏铁、海南苏铁、龙尾苏铁等；国家二级保护植物142种，海南黄花梨、土沉香、海南油杉、海南韶子等。

说到动物，这里有国家重点保护野生动物145种，其中国家一级保护野生动物14种，如海南长臂猿、海南坡鹿、海南山鹧鸪、穿山甲等；国家二级保护野生动物131种，主要为海南兔、水鹿、蟒蛇、黑熊等。

这里还有全球最濒危的灵长类动物——海南长臂猿，作为全球唯一分布地，这里的长臂猿数量是6群37只。

长臂猿是在霸王岭那边。有一次，北京来的专家邀请符建灵一起，在霸王岭合作搞鸟类调查，因为符建灵懂鸟。那天清晨，七点多钟他们去寻鸟，无意之中听到远处有长臂猿的叫声。远远望去，一百多米外的地方，一棵巨大的黄葛榕树上，果实正成熟，大概有七八只长臂猿正在树梢美美地享用早餐呢。

太幸运了，很多人专程去探寻神秘的长臂猿，十几年都难得见上一回。而符建灵去一次，居然就遇到了——这不是大自然的恩赐又是什么？

所以，符建灵总是很感激。闻声辨鸟的能力固然令人羡慕，但符建灵觉得，自己不过是向大自然学习而来。最值得骄傲的，难道不是大自然本身吗？那么多的鸟儿，各有各的叫声，各有各的好听，活出了各自的精彩。所以，这一份护林员的工作，符建灵是打心眼里热爱。

太阳出来了，什查山谷已然布满透明的晨晖。七点多钟，符建灵骑上他的摩托车，车两侧绑着沉甸甸的收获，在一整座山谷的鸟叫声中，他行驶在回家的山路上。

武夷四时

一

武夷山的初夏，是满眼浓重的绿色。阳光灿烂明亮，山野郁郁葱葱，仿佛世间万物都热烈而蓬勃。

一入武夷深似海呀。

六月步入武夷山层层叠叠的绿意之中，晨昏之间，白雾山岚起伏，草木的清香混合着甜滋滋的气息，悠远的鸟鸣从林中传来。这样的绿与隐约的雨水，一起将人的情绪濡湿，想念的心思也如山岚漂浮。

在武夷山国家公园江西片区叶家厂保护管理站的窗前，程林有时会望着那些山林雾气出神。有时他巡护时登顶黄岗山，也会想念起一些远去的事物。

许多人听说过武夷山，知道武夷是福建的山，却不知道武夷也有很大面积在江西境内。程林有时会向人介绍武夷山国家公园，其总面积1280平方公里，最高峰黄岗山海拔高度2160.8米，正是在江西省上饶市铅山县界内。此峰为华东六省一市的最高山峰，号称"华东屋脊"。

程林也是在六月的绿意里重新回到武夷山怀抱的。小时候，一脚踩空跌进滚滚山溪,被溪水冲出几十米远的记忆,还在心头萦绕;从前与父母一起住在竹篱笆糊泥为墙的简陋山居,又热又潮,父母在保护区工作,程林和姐姐被锁在家中,饿得哇哇直哭的记忆也在心头萦绕。

那为什么还要回到大山里来呢?

1996年从南昌林校毕业后,程林本来可以继续读大学,因为家里清寒,拿不出五千元学费而作罢。那时作为林区职工,父亲工资微薄,还要养家,到底是不易的。父亲一直工作到六十岁退休,工龄四十二年。1980年,武夷山设立省级自然保护区,父亲就是最初的那一批职工。他每天的工作,就是在山中哨卡检查或巡护山林,一辈子也都跟山野森林在一起。

程林小时候也跟随父母长年住在山里。他出生的地方是"叶家厂",这个小村庄非常偏远,只有二三十户人家,能办什么厂呢?他也在村里上小学。直到初三那年,才第一次去过铅山县城。

那时候条件艰苦,保护区职工房子是自建的,用竹编的篱笆糊上黄泥就是墙。这房子潮湿闷热,又不隔音,有时候连风也挡不住。保护区也没有电,还是点煤油灯。很多年以后,才有了柴油发电机,不过也只能每天晚上供应两小时,用于晚上的生活照明。似乎是一直到了二十世纪九十年代中后期,山上才有了电灯。

现在,山里的生活条件已经好得多了。夏天的山林,也带给人静谧的心情,山野之间也不会像城市中那般燥热。

程林继承父业,上了林校,学的是植物。后来搞两栖爬行动物调查研究。

工作的内容,常常要翻山越岭,做动植物调查,或者做物候观测。有时候清晨出门上山,到傍晚下山,一整天都在山中行走。程林统计过,他一年当中在野外爬山的天数达到九十天至一百二十天。

程林先后做过五千多份植物标本的采集和制作。武夷山是一座生物宝库，生物多样性非常丰富，已经有记录的生物物种达五千多种。在武夷山国家公园江西片区，有名有姓的植物种类多达二千八百五十九种，约相当于中国种子植物总数的十分之一，其中观花植物共有六百多种。在这里，被全球公认为"鸟中大熊猫"的黄腹角雉，"鹿科动物中最神秘的物种"黑麂，植物界的活化石、在江西片区内连片分布面积为全球最大的南方铁杉原始林，这三个物种被称为"三宝"。

程林带我们爬山，去看南方铁杉。巍巍武夷，从海拔三百米到两千一百多米，从山脚的常绿阔叶林和竹林带、针阔叶混交林带，到以黄山松和铁杉等为主的针叶林带、中山矮曲林带，再到山顶的缓坡草甸，山一程水一程，一路景观变换，程林都如数家珍。大峡谷深山丛林中，不时闪现或红或白的花丛，程林指着远处的花丛告诉我们，那是猴头杜鹃。

猴头杜鹃所在的地方海拔较高，花期较晚，此时正是枝繁花盛的妖娆时候。你看那些老桩，树龄都是几百年了；而这山上，光是杜鹃的品种就有十几种。一车的人听了，都忍不住发出惊叹之声。

二

过了九月，山上的巡护任务一下子重起来。武夷山国家公园桐木关检查保护站的站长李红，每年这个时候心都绷得紧紧的。

前些天，几个驴友上山，在叶家厂站附近休憩过夜，准备第二天起个大早徒步上黄岗山。得知消息后，李红就去守着他们，连夜做思想工作，试图将驴友们劝返。一来，武夷山国家公园的很大部分都属于自然保护区，尤其是核心区，原则上不允许外人进入，只有出于科研和生态保护等工作的需要，才能上山。二来，这些地方还处于未开发的原始状态，上山的道路复杂，驴友的人身安全也是最为重要的。

有的驴友听了劝说，就下山返回了。也有少数驴友明里是返回了，暗里偷偷躲进山林，跟巡护人员捉起了迷藏，或准备抄隐蔽小径上山。巡护人员只好整夜守着他们，跟着他们。李红开玩笑说，保护区里的一切生物都应该保护，"不仅要保护动物、植物的生命和它们的生存环境不受干扰，也要保护好进入这些地方的人类"。因为在这里，万物有灵，万物平等，这是一个和谐共生的家园。

秋天的巡护任务里，还有非常重要的一条，就是防火。

天干物燥，防火任务重啊。武夷山自然保护区辖区内，连续四十二年无森林火灾火警发生，维护了武夷山这一全球重要生态区域的安全与稳定。这样的成绩背后，是点点滴滴的辛勤工作。以前巡护人员"巡山靠腿、发现靠人"，现在有了无人机、视频监控等现代化装备，改变了以往的巡护方式，通过天、空、地、人立体巡护，实现森林资源巡护全覆盖。

在山野之中，巡护员手持终端，可以实现巡护路线指引、轨迹显示、定位打卡、拍照上传、语音上报等功能，很好地提高了资源管护效率。

李红1990年退役后，就到保护区工作，算下来也有三十个年头了。后来到桐木关站工作。站里三个人，全天二十四小时轮流值班。上世纪九十年代吧，那时候大家生态保护的意识还不够，不法分子受利益驱动上山偷盗偷猎的也不少。挖兰花的，采中草药的，偷捕棘胸蛙或猎鸟的，或者盗伐柳杉的，都有。那时候任务也重，经过桐木关的每一辆车，都要细致检查过才能放行。

后来就好多啦。人家都知道,大自然是应该保护的。

大自然哪里只是人类的大自然?它也是鸟儿、小麂、青蛙、蛇、黑熊们的家园,是杜鹃、铁杉、猕猴桃、野花野草的家园。

说到黑熊,李红兴奋起来,他指着桐木关站不远处的山崖说,那里有几个蜂桶。黑熊可厉害了,能闻到蜂蜜的味道,它们也最爱吃蜂蜜。有好几次,就看见黑熊来偷蜂蜜吃。他出了门去,黑熊远远见了人,直立起身,抱起蜂桶转身就跑。你别看黑熊又胖又壮,很笨重,其实呢,它跑起来可快了,在山上也如履平地,熊把蜂桶抱到一个安全隐蔽的地方,一掌把木桶拍碎,就掏里面的蜂蜜吃。

到了深秋呢,野生猕猴桃也很多。成熟的果实散发出芬芳甜美的香气,猴子也会闻香而来。武夷山里的猴子很多,成群结队的,一群猴子出来活动,总有"哨兵"站岗,在远远的一棵树上瞭望。一有什么情况出现,"哨兵"就拼命摇树,给其他猴子传递信号。

深秋,晨曦微明之时,在山中静悄悄地行走,说不定可以见到毛冠鹿。黄麂、黑麂、毛冠鹿这些动物,都非常灵敏,极其警觉,一点点的风吹草动,它们就能感受到,一眨眼就消失了。

到了晚上,黑麂、毛冠鹿,都会发出沙哑的叫声,啊啊——啊——啊啊。不知道的人,听了不免要吓一跳的。其实动物们都有各自的叫声,秋天的深夜,听到猫头鹰的叫声,也有点瘆人。

晚边的时候,运气好的话,可以遇到一群"林中白仙"也就是白鹇——四五只或七八只,在林中走来走去。哇,那悠然自得、闲庭信步的样子,真是叫人羡慕。黄腹角雉偶尔也可以见到。野猪呢,倒是非常常见。最常见莫过于中华野兔,我们吃过晚饭出来散步,经常看到野兔一蹦一跳地穿过山间。

三

冬。桐木关附近下雪,天地一白。

跟北方比起来,南方下雪要晚得多。武夷山海拔高,冬天的雪虽晚但到,不会缺席。看着漫山遍野雪花飞舞,积雪越来越厚,张彩霞总是莫名兴奋,眼前飞雪场景让她不由自主回到北国故乡的往日记忆里。

彩霞是北方人,老家在山西吕梁,大学是在东北林业大学学的野生动物专业。2004年毕业后,她来到江西武夷山国家级自然保护区工作,一算也有二十年了。

初到武夷山,还是四月人间,来此地一看,南方山水真的太迷人了。漫山花开,流水潺潺。男朋友是她同学,一商量,两个人都留了下来。

那时候,叶家厂这样的基层保护站,还没有真正的大学生来工作。地方偏僻,生活单调,工作也辛苦,年轻人都不愿意到山里去过这样清修一般的日子。彩霞和男朋友居然留下来了,这让保护区管理局的领导既意外又惊喜。

但是,山里实在太寂寞了。

就去看山看水,看花看草,看动物们在山野的世界悠然自得。毕竟是专业学这个,彩霞对于山里的动物们还是很有亲近感。武夷山"三宝"之一的黄腹角雉,又叫角鸡、寿鸡,主要栖息在海拔八百米到一千四百米的常绿阔叶林和针叶阔叶混交林中。它是我国特有的濒危雉类,国家一级重点野生保护动物。科研人员安装在林中的红外相机,捕捉到黄腹角雉的行踪。成熟的黄腹角雉雄鸟，很独特的，在头部两侧长有两根蓝色的肉角，喉部会长出一片蓝、橘、紫三色条纹纵横交错的肉裙，就像是一块花围脖挂在胸前。当它向雌鸟求爱的时候，就上下甩动这条彩色的花围脖，臭美得不行。

烟腹毛脚燕，每次到黄岗山顶都可以看到。成群结队的烟腹毛脚燕在草甸上空飞来飞去。它们有着非常出色的飞行技巧，在空中捕食昆虫的时候，可以飞着翻滚、转弯，甚至可以停留在半空中，简直是燕子中的战斗机，它精湛的飞行技艺让人赞叹不已。

有一次，彩霞发现一只受伤的白鹇，她就把它带回了宿舍，精心护理，照顾了几个月。

春去秋来，在2006年的冬天，彩霞成家了。

结婚那天，保护区管理局领导特意召集了全体职工开会，布置工作任务，谁负责买菜，谁负责做饭，谁负责装饰新房，谁负责主持节目，安排得井井有条。单位的女同志，还特意去县城买回了花床单、花被罩，还买了拉花。那是保护区若干年来，第一对在山里办婚礼的大学生，所有人都喜气洋洋的。

后来呢，彩霞和丈夫有了女儿。女儿刚出生时，工作忙，家属邻居们也都会帮忙带。再后来，丈夫工作调动，去了马头山国家级自然保护区工作，依然是在生态保护岗位。马头山也属于武夷山脉。夫妻俩有时候也不能经常见面。女儿独立生活能力很强，六岁不到，就自己会泡方便面了。如今孩子上了初中。彩霞已经是江西武夷山国家级自然保护区管理局宣教中心的负责人。尽管如此，她还是常常往山里跑。

往山里跑，是去做野外调查、课题研究。几年前，彩霞和同事一起在辖区搞蝴蝶调查，一直追踪了好几年。但是蝴蝶这个事情，也很有意思，明明知道有，明明有证据，但是一直遇不到。她说的是金斑喙凤蝶。金斑喙凤蝶被誉为"蝶之骄子"，珍贵又稀少，是我国唯一的蝶类中的国家一级重点保护野生动物,排在世界八大名贵蝴蝶之首。就这么一种珍贵的蝴蝶,成虫存活时间短,很少下到地面活动,一直没有遇到过活体。有一次,队员们在山林巡护时,意外发现金斑喙凤蝶的残骸,这说明附近区域肯定有蝴蝶。然而你说奇怪不奇怪,就是一直没有遇到过,也许,搞野生动物调查研究,还是需要有一点运气的加持吧。

对了,彩霞喜欢冬天。下雪的时候她就特别开心。她喜欢在雪后去山林中寻找动物的脚印,这是巡护和考察的好时机。白鹇和黄腹角雉的脚印就不一样。红嘴蓝鹊、栗腹矶鸫的脚印也不一样。野猪的脚印特别多,说明现在野猪繁殖比较快。

有一次雪后,保护站职工们在山里种的蔬菜,一晚上全被野猪干光了,你说气人不气人。有一次,她们在雪地里还发现熊的脚印,很兴奋,一路就沿着脚印去跟踪寻找。咦,这个脚印还很新鲜嘛,应该时间不久。一抬头,发现二三十米开外的地方,一头黑熊正瞪着你。顿时,两个人吓得半天不敢动弹。

四

气温一天天地升高,万物萌发。程林的山中四季一次次流转,又到了一个欣欣向荣的季节。他在这大山里出生,在这大山里长大,现在他也像季节一样回到人生出发的地方。他在叶家厂保护管理站做过副站长,也先后在好几个基层站点工作过。从工作分配回到武夷山保护区那一年算起,已经二十七个年头。

早春,武夷山的十几种报春花陆续开放。然后是百合花。仅武夷山江西片区，就有四十九种不同种类的百合花。从海拔四百米到海拔两千米，不同种类的百合花在不同的时节次第开放。

这是程林喜欢的季节，山野之间各种野花野草都醒过来，绽放出花朵，释放出芬芳。他最喜欢去的地方，还是古老的南方铁杉林。在武夷山上有个地方叫猪母坑，海拔一千八百五十米，在这里拥有面积最大的南方铁杉种群。南方铁杉是中国特有第三纪孑遗种，分布于华东、华南和西南地区。树龄三百年的南方铁杉原始林，极为罕见。其中一棵南方铁杉王，树干高耸入云，枝条四面伸展开来，如同一座"千手观音"。

在四月春天，南方铁杉也会开花。或许是因为这个树种太古老了，生长也极为缓慢，所以形成了一套自己的生存哲学。它们在春天开着低调的花朵，如果不是搞科研的人，通常都不会关注到南方铁杉的花朵。它们的花粉没有气囊，因此种子散布不远，只是在这一片叫作猪母坑的地方繁衍生息，每一棵古老的南方铁杉，都在用沉默的力量来抵抗时间的流逝。

后来程林也搞两栖动物调查。春暖之后，青蛙和蛇都活跃起来。在江西武夷山，青蛙有三十三种，其中最多的是三四种，黄岗臭蛙、福建大头蛙、华南湍蛙、武夷湍蛙，这些不同种类的青蛙，不约而同地在山间发出自己的鸣唱声。程林会在夜晚入山，带着手电、温度计、水体酸碱度测量器具等装备，前往山溪瀑潭等处寻找青蛙。

之前，曾有科学家来武夷山专门研究青蛙的叫声——如果深入研究青蛙的叫声，可能会颠覆人们对于青蛙这个物种的认知。总之，青蛙并不是只会单一的"呱呱呱"叫个不停。它们在驱赶入侵自己领地的敌人时会叫，在向意中之蛙求欢时也会叫，在受到伤害发出求救信号时也会叫。这些青蛙，正是通过声音的不同频率，来表达不同的意思，表达自己对这个世界的看法。

海南师范大学的汪继超博士、教授，就是两栖爬行动物生态与保护研究的专家。他认为，蛙类个体也可能通过鸣叫声向其他个体传递特定信息。汪教授在江西武夷山做青蛙调查研究，作为江西武夷山国家级自然保护区管理局科研管理科科长的程林，也常常陪同一起工作。

两栖动物，是生态环境质量、环境变化的重要指标性物种。气温、水温和水质，这些因素的变化，两栖动物都会非常敏感。

研究两栖动物，经常会碰到各种毒蛇。"我们在研究蛙，溪边丛林里的毒蛇也在盯着我们。"程林已经不记得多少次在夜晚遇到竹叶青、五步蛇这些毒蛇了，有时候正专心致志地观察青蛙，哪里知道会惊动了附近的毒蛇，这情景让人不寒而栗。

不过，这也让人懂得敬畏每一种动物吧。

春末夏初是很多动物繁殖的季节。这个季节动物的叫声也非常密集。桐木关检查保护站的李红，晨昏之间能听到各种各样的鸟叫。冠纹柳莺、红嘴相思鸟、灰喉山椒鸟、领雀嘴鹎、白头鹎、黑颏凤鹛……如果安静下来，能听到几百上千只鸟在此起彼伏地鸣叫。偶尔还看到在大峡谷的上空，有苍鹰在盘旋翱翔，发出一两声长长的尖叫，划破长空。到了晚上，小麂和毛冠鹿，依然会发出"啊——啊啊——"的叫声。这叫声熟悉极了，也不觉得有什么凄清，倒像是老朋友一般，有了动物们的陪伴，夜晚也就不显得那么孤单了。

彩霞在晚春时节进山，主要还是想去看看"最神秘的鹿科动物"黑麂，或者再碰碰运气，找一找梦想中的金斑喙凤蝶。哪有那么容易遇上呢？好在有了高科技装备——红外相机架设在林中，可以发现和记录黑麂的行踪。还有一次，彩霞在路上走着，远远地发现山坡上的茶园里站了一只小麂。碧绿的山野，清新的空气，云雾缭绕在山间，一只小麂优雅地站在茶树间——眼前的一切，就像是世外桃源一般美好。一眨眼，小麂就轻盈地跑走了，消失在不远处的山林中。

人间廊桥

> 廊桥,是连接此岸与彼岸的道路,也是连接人与人的道路,更是连接过去与未来的道路。
>
> ——题记

旅人

不同的人,面对同一座桥时的感受有可能是完全不一样的。世间的悲欢原本无法相通——因为人太渺小了,而世界又太大;每个人有每个人的来处,每座桥也有每座桥的来处,即便有时同处一条河流之中,有些地方水流平缓,而有些地方却暗流涌动——又怎能相通,如何相通。

产生这些想法的时候,已经是凌晨一点多了。这个春夜,老段有些心绪不宁,他从杭州驱车六个多小时来到浙南泰顺,原本并没有明确的目的地,不过是想找个地方散散心。在这个飘着细雨的深夜,导航把他带到了国道上,然后途经了泗溪镇,那是一个宁静极了的小镇——尤其是在一点多钟的凌晨——整座小镇陷入酣然大睡,路上不见一个行人。老段瞟了一眼车上的导航软件,上面提示这附近有一个廊桥公园,还有一座北涧桥——他知道泰顺有很多古老的廊桥,遂决定下车去走一走。应该没有人在半夜里拜访过一座廊桥吧?他这样想着,停好了车,在黑漆漆的深夜里朝着一座廊桥走去。

远远地他听到了溪水的声音。大约是因为下了几天雨,泗溪春水猛涨,这样的水声在静夜之中愈加喧哗。这声音甚至让老段略微有些激动。一座陌生的小镇,一个从未有过的春夜,就这样接纳了一个素昧平生的旅人。

愈是接近北涧桥,溪水愈是轰然作响。在一盏路灯的映照下,老段看见两棵巨大的古树如巨伞撑开在岸边。古树之下,溪水奔流向前,在碇步上击打起雪白的水花。在大树的护佑下,一座廊桥黑黝黝地横卧河上,像是腾龙跨越两岸。这一切对于老段来说都是新奇的,也是陌生的——350岁的北涧桥、1000岁的乌桕树、1200岁的香樟树,以及比大树还要古老的一万年的溪流,此时正显示出它们神秘的力量。这种力量,既是宁静,又是震撼。

老段不再往前走了。这里的一切如此宁静,作为一个不约而至的旅人,他生怕惊扰这廊桥的梦境。脚下石阶湿滑,反射着幽暗的光。廊桥边寂无一人,似乎天地之间从来苍凉如此。返回到车上,他却感觉内心忽然间获得了一种宁静的力量。

事实上,这两年间因为疫情的影响,老段的公司和事业都面临着巨大的考验与压力。这种压力,更多时候甚至无法与外人道也,只有独自默默承受,一个人在黑暗之中咬牙扛下来。正如这河上的廊桥。

廊桥数百年间矗立于水上,谁知道它有没有承受什么压力呢?有没有挣扎过呢?当台风来临,巨大的山洪奔袭而下,一座桥也有可能会在风雨之中轰然倒塌。但是,这又有什么关系呢?河依然是河,桥依然是桥;终有一天,桥会毁于洪水,这几乎是桥无法逃脱的最终宿命——但在毁坏之后,桥也依然会在河上出现——或者也可以说,正因有河,桥才有了存在的价值;如果世上从未有深涧与洪流,又何必有桥?如果世上从未有困难与艰辛,那么人存在于世上,是不是也会缺少一些意义?

当车的灯光劈开黑暗的道路,老段重新驱车前行,此时的内心已然坚定许多。

少年

一座廊桥,对于"老董司"董直机来说,刚好是一辈子的长度。

第一次对廊桥产生兴趣,是在他十三岁时。那年春节,少年在闽北寿宁的亲戚家中做客,一个叫杨梅洲的地方正在修造一座廊桥。少年跟着亲戚一起前往现场观看,木匠师傅们正用木滑轮和架子把一根根重达千斤的横梁吊到半空中。这一幕令少年大为震撼——原来廊桥是这样建造而成的。一连几天,他都跑到工地上去看。一根根笨重的木料,在师傅们的指挥下分门别类各安其位,一座廊桥很快就现出雄姿。

少年董直机对造桥一事充满了好奇。他凑到老师傅跟前,为老师傅递工具打下手。这师傅也喜欢他的聪明伶俐,向他传授了一些造桥的原理。

木匠是山里人常见的一种谋生职业。一个木匠安稳的日常,是晨昏之间挑着家什担子，行走在漫长的村庄古道上，从一户人家到另一户人家。每一个东家都有不同的造屋木工活要做，做完那些活可能要十天半个月。木匠把上家的活做完，再到下一家，开始同样的历程。

董直机十七岁时便开始跟随师傅学做木匠，借以谋生。苦干三年后，他依然没有机会修建廊桥。山野之间，修桥铺路从来都是一件大事，不唯花费巨大，牵涉也广，若干年月里也难得一回。再者，即便有这样的修建廊桥的机会，村民又怎会轻易相信一个初出茅庐的小子呢？

一个造桥的愿望被深深埋在心底。

年轻木匠在浙南闽北的乡间道上行走，光阴在晨昏之间老去。董直机早已能独立担当木构大屋民宅的建造，并承揽此类村民需要的木工活，并成为两省边际村民口口相传的好工匠。修建廊桥的机会，终于在他二十四那年降临——在离村尾村不远的上洋，有一座廊桥要建，但找遍了附近的木匠，却没有一个人能够胜任这个工作。于是有人找到了董直机。

接到建造木廊桥的邀请之后，董直机激动得几夜都没有睡好。

一座廊桥跨于山水之间，木匠手中简单一根墨斗线，弹起来却很难。差之毫厘，失之千里，建造廊桥失败例子在历史上不乏其人。一次建桥的失败，以致一个木匠一生之中都抬不起头来，他的技艺不再能得到乡人的信任，一生的职业生涯将毁于一旦。还有什么比这更糟糕的事呢？因此，很多木匠不会轻易去挑战那些高难度的动作。但是，对于年轻的董直机来说，这些困扰都不存在，他等待这一个机会已经很久了。

一座石拱廊桥，终于如他所愿地出现在上洋村的水口。那座桥造型典雅，身姿优美。在1948年的泰顺山野之间，一座新建的廊桥得到人们赞颂的目光。那座桥被命名为"泰福桥"。

泰福桥的建造过程,有非常丰富的民俗活动,选栋梁、择吉、祭木工神、祭梁神、抛梁等,每一个程序都充满了人们对吉祥和福祉的期望,也寄托了乡民们对美好生活的追求。董直机全程参与了这个过程,他也因此懂得了——懂得一座廊桥对于一个木匠、对于一个村庄的重要意义。

此后的数十年间,董直机再也没有机会展示他的造桥技艺了。像雪藏了绝世武功的大侠,董直机就这样在平凡的日常里蛰伏下来。无数普普通通的日子,细密的生活掩盖在他的身上,将他从一个蓬勃的青年装扮成一个寻常的老头。

人生里那些高光的日子,什么时候才会被重新打开,绽放光芒?

泰福桥的建造,一直在董直机的心中留下了一些缺憾。原来的计划是,那座廊桥有两层廊檐,桥屋也有十一间。可是村民在筹资修桥的过程中,并未筹齐原定所需的钱款,工程只好打了折扣,来缩减一定的开支。桥的廊檐改为一层,十一间桥屋改成九间,廊桥的气势大减;同样,泰福桥的廊屋是修在石跨梁上,并非是纯粹悬空而架的木架梁。从这两点来看,泰福桥离董直机心中理想的廊桥还有很大的距离。

荒野

幸运的话,一个木匠一辈子可能有一次机会修建廊桥。

不幸的是,很多木匠再没有机会修建第二座廊桥。

泰顺处于浙南的山区,东北接文成,西北接景宁,南面跟福建省毗邻,这里山高路遥,层峦叠翠。在这里,千米以上的山峰有179座,平均海拔490余米。高山出深峡,被人称为"浙南屋脊"的崇山峻岭之下，是幽远僻静的旷谷深沟，飞云江、交溪、沙埕港、鳌江四条水脉，如同深山里的静脉，沿山谷一路蜿蜒而下，渐聚渐多，最后分别从东北、西南、东南等方向殊途同归，奔流到海不复回。

山与水的力量，造就了泰顺溪山的雄奇秀美，也使泰顺这个地方成为与世隔绝的仙境。廊桥，便是先辈们留下的珍贵文化遗产，是大地上的册页，每一页都写满故园风雨。在泰顺，山水之间有古老的廊桥33座，其中15座被列为国家级文物保护单位。

一座廊桥，不只是一座简简单单的桥。世世代代的村民，把廊桥叫作"柴桥"，也叫作"风水桥"，人们把廊桥看作关乎人的祸福、家族的盛衰、村落兴败的物质载体。廊桥也成为当地人生命中，具有神奇力量和无限想象的事物。

古老的廊桥穿越时间存在，但懂得廊桥营造技艺的老师傅已不多了。在找到"老董司"董直机之前，许多人以为这一门技艺已经失传。

泰顺有石拱廊桥、木平梁廊桥、伸臂叠梁式廊桥、八字撑木平梁廊桥、木拱廊桥等样式。在所有的廊桥当中，木拱廊桥的营造技艺最为复杂，也是世界桥梁史上的绝品，也是我国古桥梁研究的活化石。其中，编梁木拱廊桥的拱架结构，是一项神奇的创造，除了两端拱木脚架在桥台卡口外，其他木料构件纵横相贯，穿顶别压，相互承托，逐节伸展，达到整个结构的完整与稳定。构件之间不用钉铆，纯粹只是受重力的负荷，负荷越大，桥就越稳定。为了增加桥上的重量，古代的工匠又在桥上增设廊屋，这不但没有成为廊桥的负担，反而增加了桥的稳定性与美观性、实用性。

木拱廊桥营造技艺，已被联合国教科文组织列入《急需保护的非物质文化遗产名录》。

但木拱廊桥的营造技艺，在以往的资料记载中并不多见，尤其是对于营造技艺的"老司"（泰顺当地方言，即"老师傅"的尊称），资料更是很少。

而今，木拱廊桥的技艺还有人传承吗？

历史上那些民间造桥大师，难道只能隐藏于广袤的山村，悄无声息地存在，又悄无声息地湮没于时间的荒野吗？

谁都说不清。

从20世纪90年代中期开始，许多文物工作者数度寻找，结果都令人失望。物比人长久。虽然廊桥还在，但是，恐怕这世上，已没有人能再以传统技法造出一座新的廊桥来了。

2003年，几位文物工作者到上洋村考察，发现泰福廊桥的梁上，留有"绳墨董直机"字样。

建廊桥的人，以前叫作"绳墨"或是"主墨"。绳墨或主墨的名字，都会写在桥的重要位置。这座泰福桥建于1948年，当时建这座桥的师傅如果正当年轻，说不定尚在人世。于是，文保工作者们立即改变行程，在岭北一带四处寻找打听，想要寻找这位叫董直机的廊桥建造者。

这一条岭北古道，一头可经岭北到达浙江的泰顺，另一头延伸至福建境内，古道两旁古树名木甚多，山林郁郁葱葱，路边流水潺潺。岭北溪绕了个半圆形穿过上洋、板场、村尾等村落，溪回路转，民居沿水分布，错落有致，宁静恬然。

在一个叫村尾的村落，当79岁的老人家终于被工作人员找到时，"老董司"内心微弱的火焰还是被点燃了。

彼时，老人已是唯一健在的、尚能建造木拱廊桥的民间匠人。

"老人家，您还会建造柴桥吗？"

"会啊，当然会！"

老人家口气坚定，不容置疑。

他把人领到一个水口——那里正是千年古道岭北方向的道口，苍松掩映，风景极佳。他从小就听人说，这里以前有座明代的同乐桥，清末时毁于洪水。原先还有一块记载建桥之事的石碑，现已无处可寻。桥毁后，村尾村也一直无力集资重建廊桥。

"老董司"想在人生的有限时光里，重新建造一座廊桥。这样的机会，他魂牵梦绕了一辈子。要是能在这里重新建造一座同乐桥，那就此生无憾了。

斧头

廊桥在天地之间静默，等待能真正读懂它的人到来。

当地山民叫作"柴桥"的那些桥，在不懂得它的人眼里，无非是一堆破破烂烂的东西而已——也老，也旧，也不喧哗，也不繁盛，只是静立在深山小村，无人注目，无人欣赏，只是任它风霜雨雪，水流云在。

到底是从什么时候开始对家乡的廊桥发生兴趣的，家快都已经记不清了。小时候，他天天赤脚跑过那座北涧桥，有时捧着饭碗在桥上吃饭，夏天则躺在桥上纳凉，听老人讲故事。廊桥不过是日常生活里普普通通的事物。

直到后来，越来越多的游客来到这个偏僻的小城，都是奔着廊桥来的。其中不乏有很多外国人。他们对着廊桥拍照、绘图，指指点点，这让曾家快极为好奇——这座北涧廊桥，为什么会成为"世界最美廊桥"呢？这桥又是怎么架到河上去的呢？

十八岁时，家快也成为了一名木匠。不仅他是个木匠，他家三代都是木匠。这么说吧，这就是木匠世家。只是跟一般做家具、农具的小木匠不同，家快是大木匠，是上梁装架、造房子的人。

二十九岁,他开始琢磨廊桥。有人问他,你是一个大木匠,你会造廊桥吗?家快没造过廊桥,他没好意思回答会还是不会。他偷偷搬个板凳坐在桥下,开始琢磨着把北涧桥的每一个部件都画下来。

然后,他弄了一堆小棍子,居然照葫芦画瓢地搭出了一座北涧桥的模型出来。虽然只是模型,但这桥的每一个构件、每一处穿插,都是依照北涧桥的样子来的。

家快是个爱琢磨事又倔强的人,既然干上了木匠这一行,哪能说什么事情是不会干的呢。那太丢人了。廊桥没造过,但研究一年半载,不行就研究两年三年,哪里不会呢?他不信这个邪。

北涧桥的模型造出来,还真让人感到惊奇,原来一座桥还能用这种方式来观察!曾家快忙起来了,有人来找他定制廊桥的模型——却没有人来找他造真正的廊桥。

是啊,这个年头交通条件便利了,公路变得四通八达,人们不再需要建造廊桥来解决行路问题。廊桥更多的是传统技艺的展示与"风水"的寄寓了。

说巧也是巧,后来有个单位找到曾家快,说愿意出资九千元,让他去建一座真正的木拱廊桥。九千元,那时也不是小数字,家快也没有辜负人家的信任,果真用这笔钱建了一座小廊桥出来。廊桥是建在不远的南溪上,溪不宽,桥也不长。十米多些,七米高,三米多宽。充其量,只是一座袖珍的廊桥吧,那也是家快负责建造的第一座廊桥——他终于建起一座真正的廊桥了。

建廊桥,不是一件容易的事情。他要很多年后,才会认识廊桥建造大师董直机。或者说,要很多年后,董直机才会被人们从乡野之间挖掘出来。

一个偶然的机会,中央电视台《状元360行》节目找到了曾家快。他拎着一把十斤重的铁斧上了电视台。

作为一个新时代的木匠，他"出场"的方式略微有些特别。在镜头前，他拎着这把斧头开始剥鸡蛋。唰唰唰，唰唰唰，手起斧落，他在极短的时间里迅速地剥了一个鸡蛋，那颗鸡蛋丝毫未损。

这次在电视上的亮相，为曾家快赢得了一个"斧头王"的称号。不过，曾家快心里有自己的小算盘——他并不想只是用斧头剥鸡蛋，他真正的梦想还是——廊桥。

2004年，曾家快正式拜董直机为师。此时，董直机心心念念一辈子的同乐桥，终于要动工了。老人家年事已高，虽然造一座桥每一根木料的样子都明白于胸，但爬高爬低的事，只能让年轻人来做。他需要年轻匠人搭把手了。

造一座真正的廊桥，是老人家的夙愿，同时也是曾家快的梦想。

人与人之间的缘分就是如此奇妙。无数素昧平生的人，终有一天，会带着梦想在桥上相见。

道路

2004年8月，在村尾村村主任潘长松的带领下，村委会成员负责筹资，董直机师傅负责廊桥建造技术，众人准备木材，正式动工重建同乐桥。

建桥所需资金不菲，筹措几十万元钱，对于一个经济落后，没有什么集体收入的小山村来说，困难重重。也因此，这座廊桥的修建比预想的要困难得多。在资金短缺的情况下，用了两年多时间，同乐桥才终于竣工。

2006年12月16日晚，村尾村人杀猪宰羊，备下丰盛菜肴，圆桌从村头摆到村尾；次日，"老董司"董直机在徒弟曾家快等人的搀扶下，参加圆桥仪式。圆桥之时，老人家把桥面上最后一块空缺的木板装上，此时鼓乐同奏，鞭炮齐鸣，同乐桥圆满落成。

这座同乐桥，被定位为1949年之后第一座以传统技艺建造的编梁木拱桥。

2009年6月，董直机入选第三批国家级非遗传承人名单。

3个月后，由浙江省和福建省联合申报的"中国木拱桥传统营造技艺"，在联合国教科文组织相关会议上被正式批准列入《急需保护的非物质文化遗产名录》。

"营造这些桥梁（木拱桥）的传统设计与实践，融合了木材的应用、传统建筑工具、技艺、核心编梁技术和榫卯接合，以及一个有经验的工匠对不同环境和必要结构力学的了解……这种传统的衰落缘于最近几年的快速城市化和现有建筑空间的不足，这些原因结合起来，威胁到了这项技艺的传承与生存。"

通过建造廊桥的实践，老董司将木拱桥传统营造技艺传授给6个徒弟，带出了4个专业从事木拱桥的团队，其中省级传承人2人，市级传承人3人，县级传承人7人。

这其中，就包括"斧头王"曾家快。

曾家快是很执着的人，认定要做一件事，就坚持不懈做好——从一开始钻研木拱廊桥的建造技巧，他做的第一件事就是，把泰顺的每一座古廊桥走一遍。

测量桥的各项数据，包括桥长、桥高、主梁，甚至每一块主要木构件的厚度。他还把这些数据一一整理，绘制成图纸，有的还做成模型。

十几年前，交通还不是很便利，曾家快几乎是靠着两条腿遍访山中的古廊桥。

很多人都以为，建造廊桥一定要在现场，其实不然。大多数的构件都可以在别的地方完成，然后搬运过去搭建。

从一个初中文凭的普通木匠，到修造廊桥的绳墨老司，家快也可谓是一个当下的"绳墨传奇"。

一座廊桥，又一座廊桥，后来曾家快一共负责建造了十几座廊桥。最远的一座，是在台湾的南投。

《浙江日报》报道——

> 本报讯（记者　钱祎　王艳琼　县委报道组　陈祥磊）2月23日，台湾南投县集集镇清水溪上，来自浙江的"泰顺廊桥"举行"圆桥"暨项目交接仪式。这是浙江首次于温州以外兴建的木拱廊桥，也是台湾首座木拱廊桥，意味着两岸文化交流合作再添新成果。
>
> 该桥由浙江省非物质文化遗产保护协会、温州市半屏山两岸旅游经贸文化发展促进会、泰顺县廊桥文化协会共同捐建，总长43.5米、桥跨28米、桥宽5.5米，采用三重檐结构，两端桥头设亭，完全采用木拱桥传统营造技艺施工建设，历时数月建成。
>
> "建桥材料全部由温州运到南投再搭建组装。整座廊桥以木拱结构为主，桥身以榫卯结构搭建，没有使用一根铁钉。"泰顺县木拱桥传统营造技艺省级传承人曾家快说。
>
> "'泰顺廊桥'架起了两岸文化交流合作的连心桥。"温州市非遗中心副主任季海波说，以廊桥为媒，两地文化交流将进一步深化。

对曾家快来说，这座桥的意义非同一般。

从筹备到完工，从纸上到落成，曾家快共六次踏上台湾之行。

跟他一起建桥的八位工匠，也都是泰顺人。虽然在台湾时间不长，但大家都对这片土地有着别样的情谊，这期间的点点滴滴，令曾家快难以忘怀。

那时候，曾家快已经对廊桥的营建技艺熟稔于心。也许是二十多岁时多看了廊桥几眼，曾家快的人生就这样被廊桥改变。每一座后来在大地上呈现的廊桥，都首先在他心中构建起来。每一根构件如何架设，如何穿插，哪一根构件是多少长度，合龙之后是多少宽度，每一个数字都在他的心里。

位于台湾南投的这座廊桥，创造了一项纪录——世界木结构单孔跨度最大的木拱廊桥。

现场围观的许多人都说，从来没有见过桥还可以这样造的，也没有见过桥还可以造得这么美的。

现在，曾家快也成为泰顺廊桥营造技艺的传承人了。一座廊桥建成的时候，他也会把自己的名字用黑墨写在桥梁的高处——"绳墨：曾家快"。

笔墨力透木材，渗入纤维内部。

随着时间的推移，有的人已经离去，但一座廊桥可能会在世间留存数百年甚至更长时间，绳墨的名字也将随之留在世间，跨越漫长的光阴。

每造完一座桥，曾家快都有一种奇特的感受，似乎又有什么东西已经发生了改变。他隐隐相信——只要大地上的桥足够多，那么，世上所有的道路都可以连通。

守护

一群年轻的背包客,在廊桥冷冷清清的时候,脚步坚定向它们迈去了。

面对一座廊桥,你会怎么看它?

它的老,它的旧,它的不喧哗,它的不繁盛,怎么就有一种别样的美呢?即便是风霜雨雪,水流云在,它静立于此,怎么有一种动人心魄的力量呢?

年轻人坐在溪流中间的石头上,听流水潺潺,看云卷云舒,大家默默地看着廊桥,一直坐了很久。

衰落、凋敝、破旧、干枯、不完满的事物,会引起人们对生命、对变化与变迁的惋叹、感慨、惆怅与留恋。比起满月,残月更美。比起盛开的樱花,凋落的樱花更美。

有一种美,是需要以同等的能量才能看见的。

在这群年轻的游客里,素秋是年轻的导游,很多时候她在向远方的客人介绍廊桥,其实也是自己在一次又一次体悟廊桥之美。

第一次给客人讲解廊桥的知识,素秋手指甲抠着掌心肉,后来才发现已抠红一片。太紧张了,她生怕自己讲不好。

泰顺是廊桥之乡,境内有几十座古老的廊桥,但是素秋也并不能确切地知道廊桥到底有多么美。稀奇吗?素秋在泰顺,时不时扭头就能见到一座廊桥,她只觉得平常极了。

那年素秋刚毕业,她多想留在外面工作呀。她的很多同学都愿意选择城市的生活,毕竟城市里工作机会多一些,人也比较自由。找一

野外的事情 | 033

家不大不小的公司，上着朝九晚五的班，休息天呼朋唤友逛街看电影，很多年轻人都是这样的，日子过得很潇洒。素秋一开始也不打算回老家，反而是家里人不放心，左催催，右问问。尤其是爷爷。爷爷年纪大了。爷爷说，老家好啊。素秋听爷爷的话，就回来了。

九月山里凉起来，县里刚好要招廊桥讲解员，素秋就去考了。一考就考上了。那时候，泰顺的廊桥文化园正缺人手。到岗上班的第一天，素秋就被派去廊桥。

深秋乌桕叶红，她对着廊桥背解说词，一边背，一边钻到桥底下去看桥拱的奥秘，时间一长，她也觉得廊桥越来越有味道了。

"木拱廊桥的特别之处，在于桥面之下的编梁木拱结构……这种编梁木拱结构形式的桥梁，在全世界范围内，也只有在闽浙交界山区才存在。这种桥的营造技术，已经列入联合国非物质文化遗产……"

讲解时紧张的情景就像是昨天发生的一样。但是一晃，却这么多年了。关于廊桥的那些解说词，她到底讲过多少遍呢，素秋也是不记得了。

不过，有几句话她却是越来越清晰——"一个人一生当中，真正重要的抉择机会并不会太多。正是那看似偶然的几次选择，决定了人生道路的方向。"她这样说的时候，其实是把自己对廊桥的体会分享给每位陌生的客人。同样的，廊桥边上生活了一辈子的村民，也会向素秋敞开自己的内心。

在泗溪的北涧桥，好些村民向素秋说起，这座桥在他们心中很重要。"有菩萨保佑的……"村头茶馆里喝茶的老人，呷一口浓茶，悠然地说道。在他看来，这座廊桥保佑了附近所有的人家。

素秋知道，廊桥从来不单单为交通的便利而存在。在数百年间，北涧桥上中间位置的神龛里，都供奉几尊神灵，长年香火不断。"泰顺廊桥大多兼有宫庙的功能，为民间祭祀提供了独特的场所。"

廊桥在村民心里，当然不是"迷信"那么简单，而是寄托了大家对于美好生活的向往。廊桥在那里，神明在上，人们的内心便觉得安宁。从前的人们，造一座廊桥，是极不容易的事，必须到处集资"写缘"，大家出钱出木，集全村之力、耗数年光阴，才能建成。廊桥架于水上，山中洪水来急，桥被水冲走是常有的事，当地许多廊桥，都屡毁屡建。人们认为，万物有灵，树有树神，桥有桥神，桥神会保护廊桥自身的安宁。人们在桥上多祭拜桥神，桥就不会被湍急的山溪冲走。

桥神之外，保佑出行平安的路神，还有各种可以保佑一方平安的神灵，也一并被请上了廊桥。那些神灵的塑像，许多人往往分不清，但并不影响人们对这些神灵的祭拜。在这些廊桥的神龛里，神灵们默默无言，长久地驻守，自有一份威严在此，过路旅人行经此地，都会驻足停留，小心翼翼地合十祈祷，保佑平安。

廊桥之下，川流不息。廊桥之上，人来人往。每一个人都有自己的祈求，有自己想要达成的愿望。就在这廊桥上，在看起来甚至有些简陋的神龛面前，人们与高处的某些神明达成了精神上的沟通。这是一个人神交流、心灵交换的空间。

乡民所求，不过是稻麦长得好一些，家人平安一些，种瓜能得瓜，种豆也得豆，如此而已。乡民在廊桥上的神灵面前，从未有过多的非分之求。

在这里，人们把内心的祈求交出，把负累交出，把无力交出，把卑微交出；从这廊桥上走出去，走向外面喧喧嚣嚣的俗世，人们抖擞起精神，去奋斗，去打拼，去为向神明祈祷过的每一个幸福与安宁，一点一滴地交付自己的努力。

廊桥保护专家季海波，半辈子都在研究廊桥。他说："它不是一座普通的桥，它甚至反映了泰顺人的精神脊梁，它便是民众当中，心灵的那座桥，可以延伸到内心最柔软处的。"

"礼失求诸野"。礼在哪里？在乡间。乡间蕴藏着深厚的文化瑰宝。廊桥是承载着这些内容的文化瑰宝。一座廊桥的建造，从开工到圆桥，把无数细细密密的传统习俗重新带回到人们的日常生活。在若干年的造桥时光中，整个族群的人得以温习千百年前的精神礼仪。在此时此刻，他们与自己早已离去的先辈们心意相通了。

一座崭新的廊桥出现在人们的视野当中，也留在了村庄的历史当中。从此之后，这个村庄的人们心中都有了一座廊桥，他们因此变得不一样了。在经历过造桥之后，他们仿佛忽然间懂得了先辈们从未说出过的秘密。

一座廊桥接通了新的道路。无数的人将会来到这座廊桥上。人们会在某些特殊又神圣的时候，在神龛前跪下来，虔诚地祈求神明的护佑；也会在这座廊桥的平淡日子里，坐下来歇个脚，随意地聊聊天。甚至还会有很多人，带着他们刚收获的土特产或山货来到廊桥，这里便有了一个小型的商贸集市。算命的来了，拔牙游医也来了，贩卖义乌小商品的人带来最新款的衣帽鞋袜。这个村庄由此日渐一日地热闹起来。

空下来的时候，素秋还是喜欢跑到廊桥上去坐一坐，吹吹溪上的风。时间一点一点，像流水一样淌走。素秋在这里已经待了七年，后来有了孩子，她就把孩子也带到廊桥来玩。守护廊桥的时光，是素秋的一整个青春岁月。

救桥

有了廊桥，人们愿意用自己的全身心去守护廊桥的平安。反过来，廊桥也以一种特殊的形式护佑着乡民的平安。在这一点上，每一位乡民都是廊桥的守护人，他们守护的，是一颗敬畏之心，是内心的信念与平衡。

2016年9月15日下午，一场罕见的台风"莫兰蒂"袭来，暴雨致洪水泛滥，终于，暴烈的山洪将薛宅桥、文兴桥、文重桥三座"国家级重点保护文物"廊桥先后冲毁。

廊桥在洪水中忽然消失的一刻，许多乡民都痛哭起来。

有的村民在家里干着家务活，忽然之间抬头，就见汪洋的洪水之中廊桥猝然倒塌，继尔消失，泪水一下就夺眶而出。廊桥日日在你身边时你不会觉得有多重要，但是桥一下子不见的时候，就像心里的一块，突然之间空了，人一下子就六神无主，号啕起来。

文保专家季海波，从小就在薛宅桥边生活。他父亲季桂芳，在泰顺也是名声在外，是国家级非遗项目"提线木偶戏"代表性传承人。从上世纪60年代到2016年8月，季海波用目光无数次抚摸廊桥，他的照相机镜头，也无数次记录下各种距离、角度下的廊桥。

很多年，季海波在泰顺县做"非遗"保护工作，三十多年间，从民风民俗的纪实摄影，到泰顺县非遗的挖掘与保护，他把泰顺的角角落落都走了个遍。

那天，他接到电话说廊桥倒塌的时候，他一下子也哭了。

洪水还没有完全退去，下游的群众就自发加入寻找廊桥木构件的行动中。有人撑着小船去打捞木料，有人开着车沿着溪流从下游把木料找回。两天之内，人们把九成以上的木料都运了回来。

那么多村民，他们曾从这座桥上走过，他们的脚记得每一根木料。所有捧回木料的人，眼里都闪烁着泪花。

救桥！救桥！社会各界捐资捐物、群策群力。包括季海波等文物专家在内，大家全力以赴加入修桥救桥的队伍。2017年3月25日，三座国保廊桥同时启动修复,分别由三位技艺精湛的非遗传承人主要负责桥本体部分——郑昌贵负责"归位整理"薛宅桥,曾家快负责"归位整理"文兴桥,赖永斌则负责"归位整理"文重桥。

曾家快把手头所有别的事务都暂停下来,全力投入文兴桥的修复工作。

文兴桥始建于清咸丰七年(1857年),民国十九年(1930年)重修。关于这座桥,当地村民流传着很多故事与传说。这座桥的结构也极为奇特,桥身北侧略高、南侧略低,这种倾斜的结构增加了修复难度。此外,廊桥原木构件保存着较多历史信息,特别是廊桥各构件的关系体现了古代工艺水准,因此要尽力做到修旧如旧。

造一座桥至少需要数千个木结构,捡回来的只有一半还能用。虽然文兴桥大部分的桥屋部构件也被捡了回来,但是连接桥架和石墩的墩接木,只找回两根。

文兴桥的修复,要尽可能利用重新寻回的原木构件,对残损木构件进行加固处理。只有尽量使用原有的构件,才能最大限度地保留文物的信息。不过,作为绳墨,曾家快更要对一座桥的安全性负责。有的部件虽有损坏,但用"墩接"和"巴掌榫"的方式,替换一段新料再作加固,还能继续承担重任的话,也尽量对原构件进行保留。如果经过判断,某一些重要部件已经损坏,无法再继续使用,他会要求更换。

好在,他们之前就对文兴桥做过大量的测量和记录工作,能够按照原样进行修复,把缺胳膊少腿的地方补上。每个木结构该在哪个位置的定点工作花费了很长时间,因为一旦产生了毫厘之间的偏差,就会影响整个拱架的稳固性。

季海波几乎是把全部身心都投入到了廊桥的修复上去了。他每天都会往返于三座廊桥之间,与廊桥营造技艺的传承人团队一起,对寻回的廊桥构件进行甄别、归位、防潮防虫等处理，又一起商量如何进行修复。他极为较真，要求也很苛刻，他把自己当年拍下的照片找出来，对照新修的桥进行比较，来确认廊桥修复后与原桥无异。

为此，季海波与曾家快之间没少"吵架"。桥上最重要的受力部位三节苗、五节苗，老构件存在极大的安全隐患，专家们终于同意更换成新的木料。

这些木料隐藏在云海和深山里，曾家快对这些柳杉木的要求很高，必须使用五十年以上树龄的材料。乡民们与曾家快一起，从深山里采伐树材，再按照老料一模一样的数据，斫成所需要的构件。

木屑纷飞，汗水滴落。光阴流逝中，古桥终于重生。

2017年8月17日，文兴桥上梁。

2017年12月16日，文兴桥圆桥。历经一年时间的修复，被洪水冲毁的文兴桥复活了。

此外，薛宅桥、文重桥，也在修复后重立于浙南大地。

文兴桥圆桥的那一天，曾家快执锤，像他师傅当年一样钉上最后一块桥板。四面八方的乡邻们都来了，大家都要来走一走文兴桥，来摸一摸文兴桥；那一天，所有来看廊桥的人，脸上都挂满了笑容，眼神里都有明亮的光。

93岁的绳墨老董司已无法行走。他只能坐在轮椅上移动，再也无法去往更远的地方了。在修复文兴桥的过程中，曾家快也好几次去看望师父。也许，师父一生对于廊桥的执着精神，也正是给他源源不断的动力所在。

2018年4月19日下午，绳墨老董司故去，享年94岁。

人们说，老董司在生命即将走到尽头的时候，给大家留下的最后一句话是"相见无期"。

三座廊桥全面修复成功，以季海波、曾家快为代表的泰顺廊桥修

野外的事情 | 039

复团队,获得了当年"感动温州十大人物(集体)";季海波被评为2018年"中国非遗年度人物"。有人评价季海波:"一辈子痴迷于廊桥,是廊桥的研究者,更是廊桥的守护人。"

犹记得,文重桥完成修复圆桥的那一天,大家要季海波上去发个言。说什么好呢?那天刚好下了一点雨,海波开口,"今天下了点雨……",才讲了一句,便想到修桥的历程,雨水打到身上,他的眼泪就落下来了。

这一次,他的泪水,不是为廊桥被冲毁而落,而是为乡民们共同守护精神家园的情感而落。

"有雨有水,才能有桥。因为有桥,才有我们的千年守护……桥为水而生,也为水而逝……"

讲到这里,他眼前浮现出的是一位位乡民的面孔——是日复一日在北涧桥头卖茶叶蛋的老奶奶;是洪水尚未完全退却就奔走在下游打捞廊桥构件的乡民们;是眼看着失去了文兴桥满脸悲怆,看到文兴桥又重现大地时欣喜若狂的守桥人;是风雨无阻拼了好几个月把廊桥修复好的绳墨师傅、石匠、瓦匠、漆工们;是那已经故去了的造桥的老董司们;是大半年里每日都要来看一眼廊桥变化的老爷爷老奶奶;是在异乡打拼遥望故乡廊桥的无数游子……

还有,是的,还有很多很多的面孔,他说不清楚了,看不清了,泪水爬上了他的脸庞,他觉得自己,也不过是这芸芸众生里,需要神灵庇佑的普通一个;是无数的守桥人里,愿把自己的一生投入进去的普通一个。

风不死,水不死,桥不死,精神家园便能永存。无数的守桥人,非是为眼下的自己守着廊桥,他们乃是为一百年、二百年,乃至是五百年、一千年之后的人们,守护着这廊桥。

团圆

2022年的中秋节，天高云淡，气温凉爽，老段决定专程再去泰顺住几天，去走走那些古老的廊桥。两年前的那个春夜，无意间闯入泗溪小镇，古老的廊桥让他印象太深刻了。很久以后回想起来，那几乎是一次治愈的相遇。那次回去后，他决定压缩公司的原有业务，让部分员工尝试线上转型。经历一段时间的阵痛之后，终于也算在荆棘丛生之中走出一条鲜花满径的小道来。那个春天的夜晚对他意义重大——古老的廊桥在世间要经历多少艰险？人的一生何尝不是如此。一个企业，一个团队，最重要的经验，也无非是在怎样的险滩困境中趟出一条自己的路来。

一个多月前，福建屏南县长桥镇有一座万安桥发生失火事故。万安桥也是一座廊桥，是那时国内最长的木拱廊桥。在那场冲天大火中，万安桥大面积烧毁坍塌。大火烧痛了所有热爱廊桥人的心。老段是在新闻时听说此事的，也是在此时，他脑中一片空白，觉得应该再回泰顺去看看了。古老的廊桥，犹如历经沧桑的老人，脆弱而美，经不起丁点的闪失。

老段到泰顺看了姐妹桥，一座是溪东桥，一座是北涧桥。与上次夜深后的景象不同，这次所见的廊桥更美，一棵老乌桕树叶已经略微开始变红。如果是深秋，这一树的红叶掩映古老的廊桥，该是怎样的宁静美好。他在桥头茶馆坐下来，喝了一壶当地的茶，"三杯香"。桥头还有不少游客来往，人们的步履在光滑的石阶上掠过。

几乎是在同一时刻，素秋带着宝宝来到廊桥，她有一段时间没有来这里了，见到桥头卖茶叶蛋的老人家，依然在同一块石头上坐着，觉得亲切不已。桥头茶馆的小老板，依然在忙进忙出，这会儿刚给老段添了热茶，转身见到素秋，便和她打了招呼。每次到廊桥来，素秋都会有新的感受，几乎每次的感受都会不同。这一次她走上廊桥，穿过桥上的廊屋，阳光透过廊屋的窗户照到桥板上，既明媚又辉煌。

因是过节，许多村民也回来了，他们也喜欢到这桥上来走走。曾家快平时有事没事也会来廊桥看看，他最近在新城文祥湖建造一座景观廊桥。在钢筋混凝土盛行的年代，木头和廊桥的精神价值愈加重要。他这些年已经把泰顺的每一座古廊桥都走过了，对一柱一梁、一椽一瓦都测量了数据，输入了廊桥数据库。接下来，他希望能多带几个年轻徒弟，把廊桥的事业接着做下去。

北涧桥的桥头，还有一座网红的"情爱廊桥茶馆"，许多年轻人在这里喝茶打卡拍照，把廊桥的故事分享到世界各个角落。素秋也走到这座茶馆里来。卖山货的村民还坐在桥头。山民们质朴，他们在这里守护廊桥，廊桥也在守护他们；他们沉默不语，仿佛是在守护彼此的家园。就是这样，他们用自己的方式，跟廊桥相处了千百年。

此时此刻，老段放下手中的茶杯，给远方的某个朋友发了一条信息："我在廊桥等你。"

与一株水稻对视

一大早,沈希宏博士又到田里去了。这时候田里遍地清露,晨曦正把金色的光线斜抹在草叶尖上,四周一派宁静。

南国。海南陵水县。沈博士三十亩的水稻田就在几棵高大的椰子树和两丛婆娑的香蕉树旁边。这里冬春季的气温平均要比杭州高十几摄氏度,适宜水稻生长。

春节,沈博士只在家里待了几天,初八就启程来海南。几乎年年如此。沈博士是中国水稻研究所的育种专家。在他的试验田里,常年种着几千到一万个品种的水稻。每年从春到秋,他把它们种下,让它们生长,使它们杂交,观察它们,研究它们,从中挑出觉得有用的那一株,然后等到第二年春天在海南继续种下,让它们生长,使它们杂交,观察它们,研究它们……周而复始,秋冬春夏。

有时要过二十年三十年,才能培育出一个新品种。

这是时间的游戏,而你必须活得够长。

为了加快进度,水稻专家像候鸟一样往南飞。在海南岛上,有最具影响力的农业科技试验区,仅陵水一县,就有全国150多家科研机构驻扎,有着各自的繁育基地。他们把那儿叫作"南繁"。你们唤它"春暖花开",他们叫作"南繁加快"。南繁堪称是中国种业的"硅谷"。

三亚、陵水一带,是海南岛的最南端,那里仿佛是一片热土。从二十世纪五十年代以来,一直有一批南繁人在那里埋首忙碌。杂交水稻之父袁隆平、甜瓜大王吴明珠、玉米大王李登海、棉花专家郭三堆……这些在新中国农业发展史上鼎鼎大名的大腕级人物,大多是从南繁走出来,并在南繁基地培育出一个又一个优秀的农作物新品种。

可以说,南繁为解决中国人的吃饭问题做出了不可磨灭的贡献。

好了,这样你就知道了:沈博士不过是成千上万中国南繁科学家大军中的普通一员。沈博士到南繁,不过是他的日常工作之一。沈博士的家在杭州,但他在南繁的基地要待上两个月。二十年来,年年如此。

沈博士在杭州有试验田,在海南有试验田,在印度尼西亚也有试验田,因为热带地区冬天也可以种植水稻,一年当中,就可以多种几季。对于育种专家来说,好像这就是一个游戏,一个与时间赛跑的游戏。其实想想,也很残酷——就好像你生了一个孩子,你盼着她快点长大,可是她越快长大,你就越快老去。

在田里的时候,沈博士做的最多的事,就是与水稻对视。与一株一株的水稻对视。

说"对视",是有原因的。那不是单方面的注视,那是相互的过程。沈博士说,我在田里看水稻时,水稻也在看我。水稻会想,我要不要把秘密告诉这个人。

这是沈博士的原话。一般人或许很难理解沈博士的感性,以及对于那片田的牵肠挂肚。早上去看,中午去看,傍晚去看。每天去看。他的田也种得很奇怪,每一种水稻种三行,每行种六棵。那片田里有着五千种材料。这个数字不是大略的形容,也没有一丝丝的修辞意义,事实上,他的这片田里至少有五千种,加上杭州基地,就有上万种材料。

——他把那些水稻叫作材料:成品出来前,所有的这些只是试验田里的材料。

远远望去,田里的水稻们长得乱七八糟,古怪离奇,颇有着武林大会怪侠云集的盛况。它们很任性,有的低矮,如埂上野草;有的荒唐,只结几粒谷子;有的疯狂,叶子像茅秆一样长。但,这是正常的,每一个"怪侠"在沈博士的眼里都可能是极好的宝贝。

这从他注视它们的目光里可以看出来。

有人开玩笑,说沈博士的田是一个后宫,那里有着三千佳丽。当然还可以换一个句子来形容,那就是:弱水三千,我只取一瓢饮。

一人有一相,一稻也有一相。每个材料都可以用,也或许都没有用。但是这没什么。一无用处,也是一种用。

他是怎么与水稻对视的——他走过去,站在那三行水稻中间,就那么专注地看着它们。有的时候十分钟,有的时候半小时。目不转睛。若有所思。时不时地,他还俯下身子,手抚稻叶,或摘下几粒稻花放到鼻边,猛虎细嗅蔷薇。

太阳出来了。汗水很快就浸湿了衣衫。

水稻抽穗开花的这段时间,对于育种专家来说最为珍贵。这是水稻们发生爱情的时节。对于水稻来说,这是一生中的大事。任何植物,繁衍后代都是它们生来的使命。它们拼尽全力,努力绽放,把生命中最精华的部分展示出来,雌雄结合,传花授粉。

这个过程会在短短的十来天里完成。水稻一生当中最灿烂的时刻,最关键的事件:一种水稻的好与坏,它的喜怒哀乐,它的小性子与坏脾气,都会在这些天里得到最集中的释放。

沈博士一刻都不敢懈怠。

太阳最强的中午,他都在田里。稻花会在中午十一点到两点之间集中开放。气温二十六七度。阳光打在裸露的皮肤上有灼痛感。但沈博士似乎毫不在意。他的面孔就是这样晒得黧黑的。在这样的太阳底下，他对着那些水稻们脉脉含情又满怀期待。

表面上他表情平淡，沉默不语（身上背着军绿书包，手上拿着硬塑封面的本子——上面写着："试验研究记载本"），间或在那本子上记录下一些什么。

但也许，他的内心正卷起风暴与波澜。

是的，许多美妙的想法都是沈博士在田间迸发出来（很多有趣的细节，会在沈博士的眼中呈现）。

我问他，你到底在那里发现了什么。

他笑了，说，就像面对一位美人，你可以观看所有的细节。此刻，他手上握着一支青色的穗子，穗子上的稻花正在次第开放。

我必须提前告诉你，每一个青色的水稻颖壳里，都包裹着一朵水稻的花。每一朵水稻的花，会结出一粒稻谷。水稻是自花授粉的植物，一朵花中既有雄蕊，也就是花粉；也有柱头，那是它的雌性器官之一。

水稻颖壳张开，也就是水稻开花的时候。我不知道你注意过没有——当整片稻田里的稻花开放的时候，风吹过，花粉会飞扬起来，那是如一阵青烟一样的东西。如果不细看，你甚至都察觉不到这一切。那青烟是如此薄，如此轻快，轻快得简直就像我们自己的青春。它们彼此寻觅，就像我们寻觅彼此。

水稻的柱头小小的，小到甚至不到 0.5 毫米。水稻颖壳张开，花朵开放，那小小的柱头伸到了颖壳外面，以便有机会承接更多的花粉。

柱头外露——这微乎其微的变化，居然就是沈博士努力多年的成果。因为柱头外露，就可以接触更多的花粉，大大增加授粉成功的概率。育种上的好处，很明显——今天开花，即便没有得到花粉，但这个柱头还留在外面，她的活力可以保持两三天。如果三天内还可以得到花粉，她依然可以结实——这对于所有植物来说都是一件性命攸关的事。对于杂交水稻，更是如此。

水稻的祖先是野生稻，为了在漫长的历史中存活下来，它们生来练就了强大的生命力，也就是强大的生殖能力。沈博士观察过大量的野生稻，发现它们在开花的时候，几乎都是柱头外露的。但是水稻经过人类长久的驯化，这一特性有所减弱。沈博士非常注意柱头外露这个性状，用了很多时间，选出那些柱头外露的优良稻株，把它繁衍下来——柱头外露，也是水稻的基因控制的。但是，这不是黑与白那么二元对立，那么简单，而是有着一整套复杂的控制系统。慢慢地，沈博士从三千佳丽中寻找出最合适的人，把它们配到一起，组合出优良的搭配，把柱头外露的特性不断提高。

另一位育种专家，曾给沈博士看过他的材料。他一直重视研究提高水稻的柱头外露。做了二三十年，把粳稻的柱头做了出来。

沈博士是从籼稻里，用笨笨的办法——通过不断回交，把柱头外露的性状转移到了粳稻里。

沈博士常做的一件事是，让籼稻与粳稻杂交，从而吸取双方的优势特性。

但是籼稻与粳稻杂交，本来就存在着天然的困难。籼粳之间的杂交，有着一道巨大的鸿沟，叫作"生殖隔离"。就好像是两个物种之间，即便让它们结婚，也生不出结晶来。最近几年，籼粳稻之间的杂交终于得到突破。这是无数中国的育种专家都在埋头做的事，提高稻米产量，改良稻米品质——只是，哪怕小小的柱头外露，都值得花上十年二十年的时间去研究，去攻克难题。

好了，长话短说——现在，沈博士在自己的田里，高兴地看到手中的稻穗开花了，它们无一例外柱头外露，显示出强大的生命力。

沈博士站在田间，在阳光下，一边与水稻对视，一边对助手说，把这株水稻的花粉抖到那一株水稻里面。

这叫作"抖花粉"。沈博士他们先培育出"不育系",就是让水稻自己不结实,然后在它开花的时候,把一枚枚的颖壳剪开,再用别的"父本"花粉抖进它的花朵中。有时候,"两系不育系"在合适的低温气候条件下也会结实,但在另一个高温气候条件下不会结实。那就需要人工处理——比如,用45摄氏度的温水浸泡稻穗,浸5分钟,使稻花在温水中开放,而自身的花粉失活,再把它的颖壳剪开,用别的"父本"花粉抖进它的花朵中。

每一个材料,都可能存在一个"绝配"。所谓"绝配"就是说,除了"你"和"我",世上再无更合适的了。杂交水稻育种,就是为了发现那一对对"绝配"。

水稻与水稻,也就好像,人与人一样。

茫茫人海,谁是那个对的人,我们不也用一生在寻找吗?

沈博士是一个感性的人。他看水稻,是把它当作人来看的。他觉得水稻也有帅哥或美女,他觉得短圆米不好看,细长米才好看,他对水稻的研究,是为了培育更好看也更好吃的大米。

沈博士想要培育出一种叫作"长粳"的品种。原来的粳米,所有都是短肥圆,只有南方的籼米是长粒形。沈博士觉得长粳漂亮,而短肥圆不好看。"好看","漂亮",这从一个科学家的口中说出来,还是让我觉得有点意外。

好了,他又说,米的品质要好。

籼米不如粳米好吃,这是多数人的看法。所以,沈博士要培育长粒形的粳稻,并且在南方推广种植。"颖壳那么纤长,水稻从灌浆开始,它就可以灌得很舒服。"

经过十多年的科研积累,沈博士田里所有的材料,都慢慢地带上了他自己的特征:清一色都是长粳系列。比如,长粳的香米、长粳的软米、长粳的黑米、长粳的香糯,还有很多很多,暂时都没有名字,有的只是一个一个的代号。

有的时候,一个突然降临的有趣想法,会使他激动起来;有时,只是因为观察到田间的水稻突然出现新的意外,让他思绪飞奔。越来越多的想法,带上了他对稻米的期许。从基础材料做起,沈博士构建了一个自己的小田园,一个自己的水稻世界。

在中国水稻研究所,每一位科学家都有自己的一个小世界。有的研究了三十年的抗旱水稻,有的研究一辈子的病虫害,有的一门心思研究稻田里的杂草,有的孜孜不倦于野生稻,还有的专注于水稻的基因,水稻有4万多个基因,随便哪一个基因都可以让人埋头苦干几十年。

水稻专家们似乎都是如此——他们埋头走向田野,一低头,一起身,腰就弯了,头发就白了。

沈博士对他一位姓张的导师印象极为深刻。那时他还年轻。张先生是国内著名的水稻育种专家。张先生年纪长了,每天最爱做的事,依然就是站在稻田里,看水稻。

站定了,面对一株水稻,两个小时甚至更久,他都不挪步。那个腿脚有些不便的老先生,一直站在稻株旁边。有时候,他边看,边绕着水稻讲故事。他带着浓重口音的普通话讲来的故事,让助手和学生们听得耳朵起茧,连打哈欠。但老先生乐此不疲,继续讲着那些遥远的故事,只是,他的目光须臾离不开水稻——仿佛水稻是他前世的情人。

从前,沈博士站在身边躁动不安。不知不觉间,几十年过去,他也成了水稻的情人。

几千上万种材料,全部看上一遍都要十几天。重点关注的,还要看上两遍三遍。因为你不知道哪株水稻会发生变化。之前它们给你惊喜。但是突然某天,它们又让你惊讶。或者某几株水稻之前资历平平,其貌不扬,但是某天它们让你眼前一亮。这都是不可避免的。你不能错过这些重要的瞬间。你必须综合起来看见水稻的一生，多少个轮回，从而稍显公正地对它们做出评价。

在杭州，夏初多梅雨。既下雨，又闷热，沈博士穿着雨衣，依然会出现在稻田中，浑身被雨水和汗水湿透。有一次，他在田中看水稻，站得久了，胶鞋深陷泥中，拔都拔不上来。他索性把脚从鞋中拔出来，继续看别的材料去了。

后来，是别人把那双孤独的胶鞋从泥中挖了出来。

猛烈的太阳底下，我们肚子饿得咕咕叫，沈希宏博士仍然站在田间，不舍得离开。

我知道，沈博士他们，这些田野上的科学家，比真正的农民待在田里的时间要多得多。

越来越多的农民，离开田地去打工赚钱。这是一个讲究效率的时代，网红可以一夜走红，明星可以一周成名，企业也许一年上市。创造这些神话的人，被人们广为知晓，被人们津津乐道。但还有许许多多像沈博士这样的人，他们注定只能像水稻一样默默无闻，为这个时代和这个世界做出巨大的贡献（哪怕有的人直到退休，也没有达到过任何的"辉煌"）。

但他们，是英雄。

（英雄不会一夜走红，只会因长久的风吹日晒而让脸色慢慢变黑。）

当我们吃着一碗米饭时，我们会不会生出敬畏之心？对我们的大自然产生爱惜之情？是不是，也有一点点的感恩？

因为，从一株水稻，到一粒大米——我们是否曾想到过，有很多人，在用一生的时间，与它默默对视。

相看两不厌，只因有热爱。

深山云起

一

转了四百六十七个弯,抵达一个地方,百分之九十八点二的当地人都没有到过的地方。

朋友说,真的有那么多弯?

两小时车程的山路,全是盘山而上,那得有多少个弯。山上从前有一座古老的大寺,后来毁了,只留下遗迹,因此叫作"大寺基"。大寺基是在云海之中。后来遗迹上又建了一座新寺,叫"万福寺",也是远近闻名。那里的大寺基林场,建于1958年,在括苍山余脉上,也位于黄岩、永嘉、仙居三县交界处。林场区域内,平均海拔九百多米,最高的山峰"大寺尖",海拔一千二百五十二米。那个主峰,正是永宁江和楠溪江的发源地。

要是能在山峰上找到这两江源头,也是很有意义的事吧。

五月末,微雨天气,车入山中,云雾就绵密起来,竟至于山道上可见度只有数米。我们一路驱车盘旋上山。峰回路转,浓墨重翠,山谷间瀑布直挂,水声哗然。待云雾稍散,视野开阔处,但见白色云龙栖停在绿色山腰上,连绵数里,煞是好看。

路上,见有山农在路边种树,穿着雨衣,后腰上别着柴刀。柴刀是用木制的刀套悬挂,这种工具,长时未见了。所植之树,乃是北美冬青。

近午时分,方到得大寺基林场。此时雨大起来。林场的周书记和章副场长来迎。此地遥远,上山下山不容易,周书记时常一入山中就住上一个月或半个月。这里也是森林公园,黄土地和红土地,上面生长着郁郁葱葱的树木。以前多是松木,属于经济林。这些年也仍然在持续造林,多植阔叶林和彩色树种,枫香、檫树、樱花、银杏、红枫、金钱松等等,一年四季,很好看。这是一种造林思路的变化。大寺基这几年,常有驴友于寒冬来此看雪。黄岩这个地方下雪的时候不多,而要看雪,唯有去大寺基。大寺基不仅下第一场雪,且常有雾凇。最冷之时,达零下十六七度,人称"黄岩小东北"。雾凇是在寒冷之时,雾碰到冰冻的树枝,于是凝成白色的冰晶。雾又碰到冰晶,冰晶于是延长。就这样,冰晶越积越多,从枝头延伸垂挂下来,仿佛是树的白色花边。当整座森林的每一棵树、每一个枝头,都拥有自己的重重披挂之时,森林就变成了一座童话的森林,雪白晶莹,如梦似幻。

这样的场景,周书记每年都要见上好几回。他在这里生活了一辈子。他是林二代。他的父亲在六十多年前带着柴刀上山,没有路,是凭一把刀开出路来。和他一起来的是一百多个知青。他们在山上垦荒,一点一点垦出来种上松树。林场职工,几个月大半年不下一回山,虽是国家干部,却也是地地道道的山农。

山上的生活并非如雾凇那样看起来诗意,而是艰辛无比。山上无房住,是用木头搭建的茅草屋。上山植树,无人看管小孩,就把小孩也背上,大人干活时,娃就放在挖好的树坑里任他玩耍和睡觉。周书记也是这么长大的。上小学时,林场在几个护林点中间的位置,建了一个教学点，由一个林场职工担任老师，三四个年级的大大小小的娃坐在一间教室，凑成一个班。现在，周书记年纪大了，明年也要退休了。

章副场长年轻一些，他是从区农业农村局下派的。我们坐在小会议室里喝茶聊天。茶就是大寺基林场自产的一种绿茶，"龙乾春"。这是黄岩当地的名茶，也唯有大寺基出产。二十世纪六十年代，大寺基开始种茶。父辈们在山上，生活是那样的单调乏味，于是就种茶、炒茶，最好的茶卖了发发工资。最次的茶留下，一年到头喝浓酽的茶。周书记念小学时，放了暑假，也常去茶山采摘夏茶。采茶的工费是两分三分钱一斤。这也是一份收入。茶制好了，是由供销社统购。1988年，大寺基研制"龙乾春"品牌茶。

山高路遥，云蒸雾蔚，虎豹出没之地，自然能出好茶。"龙乾春"茶到底还是好的。那样的深山老林，几近于野茶，能不好吗。不知道从什么时候开始，人们喝绿茶开始讲究时间，要喝明前茶。这里的海拔高，气温低，犹如世外，万物苏醒都晚，茶树萌发都要迟上人间一个月。春茶抢的是时间，更是钱，明前茶一天一个价，你比人家晚一个月，那还怎么跟人比呢。"龙乾春"毫无悬念被比下去了。到了山外，茶叶上又没有大寺基的印记。这两年，"龙乾春"也开始尝试制岩茶，准备探索一条新的路子。

喝茶的时候，我老想着周书记和章副场长讲到的，说在某个遥远的护林点上，还有护林员守护着森林。他们常常是背着半个月的粮食蔬菜上山，一住数十年。因为长年地居于山中，与人交流少了，语言似乎也变得不那么流利。这一点让我深为震动，想去看看那个护林点，但实在是太遥远，从场部出发，还要步行一两个小时。我看窗外深山密林，云雾笼罩，层峦叠嶂，隐于山中的人，怕是早已与树与花与鸟兽一起成为山的本身。

二

  大雨之中的半山古村,宁静得出人意料,溪涧奔腾,雨水淅沥,道上卵石铺地,石桥寂寂,古树横斜,屋舍俨然,村庄的事物都沐浴在大雨之下,一切也都泛着古老的湿漉漉的诗意之光。就这样地来回走了一遭,甚觉美好,又不忍于仓促中惊扰古村的美,便决定离开。有的事物,因为太美好,而觉得自己准备不足。半山之美,应该留待下回再来。

  雨水是精灵,是赋予一切干枯的事物以滋润的甘露,是令一切平淡浅薄的事物变得丰富深邃的法宝,是古老的魔术,它让喧嚣归于宁静,让奔忙停下脚步,让委顿的日子起死回生。

  半山出来,冒雨去了黄毛山。

  初夏的黄毛山,已然被雨雾所遮蔽,如同一个非现实主义的梦境。半山腰上,方圆数里都是茶园,下得车来,呼吸吐纳尽是山野的清甜空气,而周遭朦朦胧胧,伸手相触,不知是雨雾还是梦境。黄毛山底下有一座长潭水库。这座长潭水库,被誉为台州人的"大水缸",其集雨面积四百四十多平方公里,有八条溪流源源不断流淌入库,水库周边有高山森林、湖滨湿地、自然草甸,森林与湖泊湿地一起构成野生动物栖息的家园,各种飞鸟走兽、珍稀动物也渐渐出现。我们置身在茶山上,却只见到一座云海,见不到水库,眼前的这座云海,也许是从水库中生长出来。水库不只是蓄养水,水库更蓄养云朵,总在合适时机将云朵放牧到天空。有的时候云朵迫不及待,奔涌而出,就奔涌出一座云海了。

云海之上的这片茶园，叫作"天空之城"。倘在双休日，这里游人是很多的。这天倒没有几个人，也是因为下雨的缘故，而如此一来，更像是天空之城了。茶园里有一些帐篷设施，隐于云海之中，像是宫崎骏电影中的场景。

给我们泡茶的姑娘善谈天，一问是"九零后"，海边人。海边人却躲到这山里来了。她说自己喜欢山的。这个茶园，天气好时空气清朗，能见到环抱茶园的库区，湖面水平如镜，天空与山野皆宁静。许多时候碧空如洗，群峰连绵，大地安宁，三两人打坐饮茶，内心澄澈一片，有什么比这样更好的？

茶姑娘又说，这山里远离城市，下山一趟，来回要三个小时。有的年轻人待不住，新员工来了第一天就走，天还没有亮，就坚决地离开——竟是自己沿着山路，倔强地走出去，也不知道什么时候才能搭上顺路的车。

算是逃离吗？不知道呢。

有人逃离城市来山里，也有人逃离山里进城。

她却喜欢这山里，喜欢这茶园。有时晚上送走客人，下了班，能看见满天的星星，明亮极了。在这样的高山上，星空可以美成什么样子，城里人靠想象是想象不出来的，只有置身在这里，才能见到。

清晨，则是在鸟叫声中醒来。每天起得早，五点多就起床，她先在茶园里走一圈。绣球花这几天开得好，紫的蓝的，这儿一团，那儿一团；锦带花也很漂亮，这花盛开的时候，就像是仙女身上披挂的华衣，繁花渐欲迷人眼。金叶女贞的花细细密密，虽小，却香味浓郁，吸引极多的蜂蝶环绕飞舞。山上还有兰花。兰花开时，能闻到香，却不容易找到。

就喝一杯这山里的茶，山野天露，正是这茶园里的云雾茶。制茶的师傅是请的杭州老师傅，用的是龙井工艺。她泡茶取的是中投法，先在杯中注入滚水半杯，再投茶叶，待茶叶醒一醒，再注入半杯水。低头闻香，豆香很明显。偶尔也会有兰花香。兴许是山中兰香入得杯中来，也未可知。

在这里喝茶，外面的雨渐渐收了，云蒸雾蔚，风吹来居然还有一些凉意。只好起身将玻璃门关上。城市中的潮热，在这里一点儿也不会有。如果是酷夏之时，来这山上喝茶，那更是清凉无比。天气好的时候，看日出、日落，都有人间少有的风景。

茶姑娘叫王芳，我们是在互加微信的时候，才知道她叫"螃蟹妹"的。这个名字缘于她是海边人。她的父亲卖海鲜，她以前也经常帮父亲在朋友圈里吆喝一把，时间久了大家就叫她"螃蟹妹"了。于是我们也叫她螃蟹妹。现在螃蟹上山了。山上的日子，对于螃蟹妹来说，虽然是寂寞的，却也是丰富的。时常有一些网络达人，来这山上做直播，人往茶园里一站，或往茶树间一藏，把手机摄像头打开，就把这里的云呀雾呀天空大地呀传播出去了。其实这里，还是一座深山。山川未变，云雾未见，只是看待它的人变了。

这样的白云生处，光在网上看直播是不够的，只有真的来了，才能闻见山上的兰花香味悠远，单瓣栀子花的香味清甜；才能看见山河辽阔，长潭湖面宁静如水，"心静如水"是什么意思，你来这里看一看。很多时候，是只有自己置身进去，才能感悟到很多事，慢慢地，慢慢地，一点一点去做事，哪怕极其细微琐碎的事，去做了，才能积累出自己对于事物的理解。

在山上的日子，螃蟹妹有时也会想起自己在海边的生活。靠海吃海，有船进港的时候，半夜她也提前守着，等待船一到，能抢到最新鲜的货源。做海鲜的生意，每天每个小时都要抢时间，一天的货如果出不完，相差几小时就是不同价格了。她和父亲一起卖海鲜，更加懂得时间的珍贵。

现在,螃蟹妹要让时间变慢下来。她是山上的总管,每天守着茶园,守着云海与茶山,觉得满足极了。日子过得,有人开玩笑,跟"提前退休"一样——譬如说,来了山上,她开始过低物欲生活,几乎不再网购,连新衣服都不买。原因是没有快递小哥送货上山。对于她来说,这无所谓,只是一种生活状态的变化,并不觉得有什么不方便。

夏天的夜晚,能听见蛤蟆叫。呱呱,呱呱呱呱,呱呱呱,呱,呱,听着听着,就睡着了。

雨还是在下,云海包围着茶山,也包围着这间小小的茶室。茶泡了三回。雨水仿佛泡进了茶碗。雨水是精灵,是甘露,赋予一切干枯的事物以滋润,令一切平淡浅薄的事物变得丰富深邃,一碗入喉,这个初夏的午后也变得悠长。

三

疑似在村庄里走错路了,却误打误撞,开到了一片山野之中。竹林连绵繁密,山道弯弯且向上。这样的山野之间,人烟稀少,连个可以问路的人也不见。就这样一条道继续前行,愈往上,风景却愈佳。

山转路回,居然就到一片茶园了。

这是一个叫岗塘坪的地方,属于黄岩宁溪镇的五部村。叫什么地方是后来知道的,直到很久以后上来了一位村干部,然后来了一位茶园主人。在他们出现以前,只有云朵停留在上面。

这是五月末的一个傍晚,雨过初歇,天地之间清澈如洗。当我们到得山顶之后,发现四面群山都有云朵停留环绕,云朵的边缘很清晰,悬停在山的中部。事实上云朵也在悄悄移动,同时变幻形态,就像是一群移动的羊。

站在山顶大呼小叫的人,显然平时难得见到这样的风景。我记起王坚院士说:"什么叫年轻?年轻就是还可以接受人生中的不确定性。"他说,"一件事当你想了很多,想得很周全,这件事你就不会去做了。"

聊到这句话时,我们正坐在一间会议室里,会议室的巨大玻璃窗正对着一座建在屋顶上的足球场,屋顶上绿树成荫,草地茵茵。年轻人在足球场上奔跑。我想他说的是对的,总有些事是你没有认真想过就去做的,而且越是这样,越觉得珍贵无比。

比如今天能把车开到一座山顶的茶园里来,就是这样一件不确定的事情。尤其不确定的是,你并不是为了一片绝美的风景而来。而当这样的美景出其不意地涌现在面前的时候,一种巨大的惊喜,会让人沉醉其中。

我们的问题常常在于,想得太多,而做得太少。

茶园主人王叔上来的时候,指着山顶的平台说,本来是想在这里搭一间喝茶的小屋子。这样,人在这里喝茶,可以看见山脚小镇的全景,也能看到脚下的风起云涌。

这两三个小山头,有一百多亩茶园,到了明年,能出几千斤干茶。他今年五十九岁,没事也要上山来。上来干啥呢?就在茶园里拔拔草,就当作锻炼身体了。他现在衣食无忧,侍弄这座茶园也就是个业余爱好而已,爬爬山,拔拔草,修身养性,出入云水之间,就跟打太极、练气功是差不多的道理。

以前这个茶园,据老一辈的村民讲,是有老虎出没的。于是我们就在山顶上聊了一会儿老虎的话题。《浙江动物志》记载,华南虎在浙江省分布不多。宁波(1875年)和杭州(1880年)两市郊区均曾有猎捕。1952年,丽水郊区曾打死1只成年虎,体重150公斤。1954年,龙泉曾捉到幼虎2只。此后,衢州(1974年)、开化(1983年)各捕到 1 只成年虎。在那之后，本省可能已经绝迹，因为再未有新的虎迹发现。不过，2011 年、2013 年、2015 年，温州市的瓯海、苍南，杭州市的临安等地，都相继报道有猛兽出没，许多山羊等家畜被咬死，有几次基本能判断肇事者为金钱豹。尤其是最近一次，2015 年，临安的湍口有 81 只山羊离奇失踪，在山上发现清晰的兽类足印，约拳头大小、四趾，趾前部有明显锋利尖端……

老虎在黄岩，被人叫作"大虫"，大虫的故事总是具有某种神秘性。总之，这里是一个深山秘境了。深山秘境，加之云影天光，使得这个傍晚非常特别。鸟鸣也在这个开阔的山巅此起彼伏，相互呼应，鸟鸣具有某种穿透力，在雨后的清澈空气中，鸟鸣能传得更远。

花香也是如此。随着山风的涌动，一种花香像潮水一样涌到鼻腔来。这是樟树的花香。有时又没有了。清新的空气不会凝滞，花香与鸟鸣都更有流动性。山上的夜晚，星辉与月光也具有某种流动性，这与时间的特质是相对应的——在一个特定的瞬间，鸟的翅膀停留在空中，月光也定格在空中，其实是时间的定格；此刻我们在山顶，也是对于时间中某一个片断的截取，"此刻"——假设截取的是当下的十分钟，那么，"此刻"就包含了山腰上的云朵从一团流淌成一片的过程，也包含了樟树花香从一座山头飘向另几座山头的过程。

种茶的王叔，其人生自在，掩藏不住。他拥有几座山头，一片茶园，甚至拥有此刻的云朵与花香，当然自在。

王叔的自在还在于，他爱喝酒，且爱以酒会友，朋友遍天下。王叔热情邀我们一起吃饭，一定要喝一杯。吃饭的地方就选在山脚下的宁溪古镇，镇上有一条老街是宋代遗存，旧名"桂街"，老街笔直，人称"直街"。我们就在这直街的一个后院吃饭。因为要赶着回县城，看晚上七点首演的话剧《南宋第一贤相》，酒喝得有点快。但酒是好酒，茶也是好茶——茶是岗塘坪茶园产的"白叶一叶"，酒是十年陈的宁溪老烧。饭店也好，王叔的堂弟开的：自家的房子，自家的菜。

　　这样的酒一喝，气氛就更好了，王叔的女儿女婿都优秀，在大学教书，女婿还在京挂职，贤妻则是数十年小学教师，话不多，忙前忙后。他自己呢，种茶卖茶，饮酒做媒，交天下朋友。这样的人生，岂非大自在。前一脚是云端的茶园，仙气飘飘，宛如世外，后一脚是人间的烟火，俗世温暖，落在实处。这份自在与自得，也是掩藏不住的开心。从疑似走错路发端，我们的这份开心一路延续，连绵而不绝，宛如千年宋街旁的渠水，具有了一种古典意味，"此刻"因其自在而足以穿越时间留存下来。

晚霞拥有者

一

山路曲折幽深。不知道是不是线路冷僻的缘由,一路上根本碰不到人,也没别的车子交会。山回路转,时见白云飘浮驻停在群山之巅,忍不住驻车拍照。清风拂来,觉天地山野,余独往矣。

上坌,是山巅的一个小村庄。这个坌字不认得。像是岔,又不是岔。像是有份,又不敢有份。心中琢磨半天,遂去查手机上的字典。读如"笨",曰:

一、翻土,刨地,如坌地。

二、尘埃,如微坌。

三、聚集,如坌集。

四、粗劣。

五、用细末撒在物体上面。

六、笨。

又沉吟半天，觉得这个垒字真好。大巧如拙，大智若愚。垒字说的不就是我们这些凡俗中人吗，如尘如埃，如烟如雾，偶尔相遇在这粗粝的人间。然而即便如此，亦要日日耕作，刨地搬砖，不过以笨人笨办法度过光阴，抵多少年的尘梦。

在松阳，上垒这样的古村落真多，几十个或上百个，有的村落风情更加古朴，风貌更加完整，受到外界的关注也更多。而相比之下，上垒颇有些默默无闻，人迹稀少。或许也正因此，这个村庄才更加好地保存了原生态的样子。

这是一个怎样的地方呢，上垒，属松阳的斋坛乡。尚未入村，先见茶园。茶园一行行一垄垄，构成柔软的线条环绕村庄，民居则是黄泥夯土墙与层层叠叠的黑色鱼鳞瓦。黄与黑，构成大地的颜色。

高山下来的水，从屋角流淌而过，水流的两边，长满石菖蒲与厚厚青苔。这让我想起前段时间去过的一座寺院，寺院蜚声海外，又经数年扩建，场面宏大。而我去了一看，则颇为失落，寺院新则新矣，偌大的场地里见不到一处青苔，到处只有簇新的光鲜与亮丽。这叫什么寺院呢？盖房子是很快的，苔痕上阶绿是缓慢的；人声鼎沸是容易的，世外静气则困难得多；很多东西，须得一点一滴，几百年几千年，才能涵养出来。

这样一想，眼前的上垒，自有一种世外的悠然静气。倘世人要找一个清静的地方去隐居，或是修行，上垒这样的地方自是相宜的。反过来一想，在上垒这样的村庄里，是否也应该隐藏了几位世外的高人？只是，一般人无法懂得他们罢了。

上垒的村民，以姓潘为主，占全村总人口的85%，其他还有叶、王、金、何、吴等姓。山林面积三千多亩。村民多种吊瓜、茶叶，也种单季的水稻，以自食为主。狭窄的村道，仅可一人行走，路遇一老农，用电瓶车驮了一袋笋，远远地见了，就立足在一边，等我们而过。

问他这些笋何来,答是山上新采。此时已是六月末。恐是今夏最后的笋了。问卖否,答不卖,自家要吃的。

老农已七十岁了,身形癯瘦而目光炯炯,长年劳动的人,仿佛身上藏着使不尽的力气。老农说现在上垄村中只有二三十人居住,大多数人都搬迁走了。留在村中的人,都是喜欢这样的山里生活,不愿住进城里去。

山涧水潺潺而下,村人用竹笕引水。一根竹笕接另一根竹笕,另一根竹笕又接另一根竹笕,这样把水传递过来。我已经很多年没有见过竹笕了,没想到在上垄还能见到。同时见到的还有一座水碓。水碓静止,水流不止,远处山林里还有鸟鸣也不止。

上垄依然寂静。一直走到村庄外,远远有三两个人影在茶园里采茶。这个时节还有人采茶。采茶人静静地,在云朵一样的茶园里缓慢移动。天上的云朵静静地,像村庄里的人在缓慢移动。

"烹茗绿烟袅,不得更迟留。"这是唐代诗人戴叔伦在松阳留下的诗句。我想戴叔伦可能来过上垄。这个诗人论诗,"诗家之景,如蓝田日暖,良玉生烟,可望而不可置于眉睫之前也"。他的意思是,诗中有景,宜远远观之,呈现一种朦胧之境。我想这也可能是水墨之境,或人生之境吧。他做诗当官都不错,从九品官做起,一直做到四品,做过东阳令,也当过抚州刺史,足迹遍及婺赣各地。

戴叔伦有一首茶诗《题横山寺》,宜抄录于此:"偶入横山寺,湖山景最幽。露涵松翠湿,风涌浪花浮。老衲供茶碗,斜阳送客舟。自缘归思促,不得更迟留。"我最喜欢他的这一句,"老衲供茶碗,斜阳送客舟"。

到了晚年,戴叔伦自请出家为道士,做了闲云野鹤。远访山中客,分泉漫煮茶。这样的人,见过了半生的风景,走到哪里都可以坐下来,汲泉煎茶,慢慢地喝它一碗。

野外的事情 | 063

二

吴姐身手利索，三下两下就攀爬到山上去。这山林荒草丛生，灌木长得比人还高。一转眼，吴姐就隐入山中。

山是野山，路已湮灭，似乎久无人迹。好不容易手脚并用地跟上吴姐步伐，衣衫尽湿。

吴姐站在一株老茶树前，手抚枝叶，如唔老友。她手一指：这一座山，那一片坡，都生长着无数老茶树。这些老茶树已生长数十春秋，只是近十余年失于管理，自生自灭。吴姐看着可惜，想着要把这些老树休整盘活，一株一株照料过来。如今，她手上有了十万株老茶树。

下山路上，吴姐在前头开车，进弯，出弯，行云流水。

看出来了，这是一个常在深山老林出没的人。

吴姐的家在城郊，有座院子，春天里各样花开，她在院子炒茶。她炒茶是跟师父学的，一锅炒出来，味道好不好，尝了就知道。她炒坏了很多茶。她跟我们转述这段经历的时候，说得轻描淡写。但是这里头的艰辛曲折，我们都听出来了。

有一回，拎了一包新茶去拜访师父，师父在楼上闻到茶香，探头道，这锅茶炒得不对呀。

她一惊，心想没错呀，一步一步都按着程序来的呢。

师父说，炒茶时你心不够静。

她羞愧不已，那时有人催着要茶，她自忖技艺过关，炒得有点急，现在想来，的确是有不到位的地方。

此后再制茶，一个环节一个环节，要先把气息调整好了，呼吸悠缓,心思宁静,方敢动手。

吴姐家的后院,有一只小鸟,飞去飞来,不惧生人。春天某日风雨大作,学飞小鸟从巢中跌落在院子里,吴姐救护起来,饲以米浆饭粒。小鸟就此认了亲,羽翼渐丰之后,飞去又飞来,却不欲离开。

我们喝着吴姐手制的茶,觉茶汤回甘绵绵,滋味悠长。

松阳这个地方,拥有一千八百多年建县史,而松阳的"茶龄"和"县龄"相差无几。史料记载,松阳种植茶叶、出产茶叶,始于三国时期。到了唐代,道教天师叶法善所制松阳茶叶,"竹叶形,深绿色,茶水色清,味醇",被称为"卯山仙茶",从而进贡皇家殿堂。

松阳自古茶人辈出,1929年首届西湖博览会上,松阳茶叶获得金奖。如今,松阳拥有两大区域公用品牌,松阳银猴、松阳香茶。

松阳香茶,这个名号在松阳各处可见。松阳银猴,偶尔也能见到。听本地朋友说,松阳银猴取自自主选育的茶树品种,其叶上满披银毫,银绿隐翠,看上去就像是一只银猴。银猴曾两次荣膺"浙江省十大名茶"。

再往回说到宋代——松阳有座西屏山,民国《松阳县志》载,此山"壁立如屏,山顶平旷,嶒岩壁立,林木苍郁"。这是一座不俗的山,山上白鹤殿住着一位祖谦禅师,他精于茶事,是斗茶高手,尝游京师,与好友诗人苏轼谈诗论禅。苏轼钦佩祖谦茶道精深,特赠诗《西屏山》一首:"道人晓出西屏山,来试点茶三昧手。忽惊午盏兔毫斑,打作春瓮鹅儿酒。天台乳花世不见,玉川风腋今安有?东坡有意续《茶经》,要使祖谦名不朽。"

宋人饮茶,跟唐人不同,跟今人也不同。唐人戴叔伦饮茶,是连茶带汁煎好,一起当药一样吃下去了。到了宋代祖谦他们饮茶,则是把茶碾磨成粉,加汤调和,在兔毫斑的茶盏里击拂出花样来,欣赏茶汤面上的乳花,比赛谁的花样久久不散,再连茶带汁一起饮下去。

宋时松阳是一个"山深古木合，林静珍禽飞"的秘境，北宋宣和六年（1124年）甲辰科状元沈晦，最后把家安置在松阳。他喜欢松阳的山水。他发出"惟此桃花源，四塞无他虞"的感叹，此诗也流传至今，成为松阳精准的广告词。我随着吴姐一起在荒野爬山访茶之时，便也常在脑海中冒出沈晦的"惟此桃花源"句子，觉得松阳的老茶树，也是桃花源里的稀物。

松阳四面青山苍翠，层峦叠嶂之间有二十余条小溪汇入松阳的母亲河松阴溪。这样的山，这样的水，孕育出松阳的茶。有一组数据，说是在松阳这个县，百分之四十的人口从事茶产业，百分之五十的农民收入来自茶产业，百分之六十的农业总产值来源于茶产业。这就足以说明，一片小小的茶叶，怎么样牵动着松阳人的生活。

苏轼赠祖谦禅师的诗句，记录在清光绪元年《松阳县志》上，据说也曾刻在西屏山白鹤殿的石碑上。

此碑今安在？白鹤去又回。

三

那日走得脚乏，遂与朋友一起步入一家叫作"山中杂记"的小店。

这是一家兼卖书的茶室，或曰兼卖茶的书店。

这不重要，重要的是，我居然在这家店中书架上，见到好几位朋友的书。

据说此店的主人是夏雨清，算是杭城媒体圈的老朋友了——遗憾的是这天他并不在松阳。我知道他在德清开民宿，后来到松阳开民宿，再后来又到很多别的地方开民宿，黄河边，草原上，民宿开得风生水起，朋友圈里也常见他四处游走。以至于，我们约了见个面聊聊，而半年过去，仍未见上。

这是在松阳县城的老街。每到松阳，必到老街走一走。老街生活气息浓郁，许多老居民仍在老房子里住着，打铁的、卖药的、抢刀的、炸油条与灯盏馃的，生活仍在这条老街上热火朝天地运行。

走在这样的街上，就仿佛是一脚踏进旧时光里，一幕幕都是生动不已。这是松阳老街比其他许多老街有意思的原因。

老街上开着的茶店也不少，其中松阳端午茶亦是随处可见。

而这间叫作"山中杂记"的店，或称杂货铺，也是安静的一隅。那天我们在老街，遇到了一阵雨，干脆就走进来喝茶翻书。老屋里有一座天井，雨就从天井里飘落，洒在菖蒲、兰花、青苔上。货架上有茶，也有书。而茶的书，自然也是店里特别留心的部分，摆在显眼位置，有《茶在中国》《茶道六百年》《茶战》《喝茶慢》《茶叶帝国》《喝茶解禅》等。我点了一杯松阳绿茶，喝了三泡。

店中还售卖番薯寮村民制作的红糖。番薯寮村民擅长做红糖。在每年的立冬之后，作为远近闻名的产糖区，番薯寮人就把甘蔗之中隐藏的糖分提取出来——这是一种极具仪式感的工作，类似于蜜蜂对于甜的酿造——直到甘蔗的汁水变成糖粉，那种焦糖的香味儿飘落在整座村庄上空；这种工作成为村民最快乐的事，也成为游客们对于端午茶之外，另一种"松阳味道"的想象来源。

雨仍在下。

"山中杂记"数步之遥，就有草药铺。松阳人热爱中草药，热爱一切植物体内所蕴藏的药物属性。他们把山野之中的苍术、藿香、樟树皮、竹枝、竹叶、野菊、白芷、桑叶、菖蒲、山苍柴、鱼腥草、白茅根及其他各种树皮草根采来，晾干，用柴刀剁成小段，入锅里略微炒制，再晒干，混合，配成各种各样的凉茶，用开水泡来喝。在松阳人

野外的事情

的眼中,这种叫作"端午茶"的凉茶有着神奇的作用。山野之中的植物草木,与当地人的血脉精神达成天衣无缝的和谐统一。

同样,茶叶这一种单一植物的叶子,也成为人们生活中不可分割的一部分。茶犹药也。从唐代以来,茶就具备了无可替代的价值使命,"一饮涤昏寐,情思爽朗满天地。再饮清我神,忽如飞雨洒清尘。三饮便得道,何须苦心破烦恼。"大师皎然在《饮茶歌诮崔石使君》明确指出了茶的三层功用,而大医药学家陈藏器在《本草拾遗》中称:"诸药为各病之药,茶为万病之药。"山中清修的人,知道茶的特殊功用,将其作为修行的必备良饮。

道士叶法善,在松阳有着尽人皆知的知名度。他出生在松阳县的卯山后村。有一年,当故乡松阳遭受瘟疫之时,在武当山云游的叶法善赶回松阳卯山,召集众多道士采制卯山仙茶,以卯山仙泉煮开,开观施茶七七四十九天。百姓讨取仙茶饮用,得以辟疫。由此可知,茶或者百草茶,都是自然界的伟大馈赠。

在元朝,有一个叫刘回翁的松阳人,写下一首诗《卯山》,表达他对先贤叶法善的纪念。在这首诗里,有两句常被后人默诵:"石室夜明烧药火,云轩晓暖煮茶烟。背岩最怪苍松老,百折霜根不记年。"石室,便是叶法善隐居修行的地方,云轩则是他的茶室或书斋。

春雨仍在松阳老街上空飘飞。一杯清茶,茶烟袅袅。

草药店老板躺在竹椅上午休,此刻已然响起微微的鼾声。

四

"菜花姑娘"叶丹红喜欢在朋友圈里,晒一晒自己的日常生活。她在大木山拍的每张图片，都会引来一片赞叹。

蓝天，白云，茶园，大地——跟童话世界里一样。

"不是我的照片拍得有多好，而是大木山的每一天都这么美。"

她在大木山茶室工作。上午和下午的阳光，会在深色的清水泥墙面和地面上投射出斑驳的树影。茶室的每一个空间，每一个角度，似乎都有晃动的光影。

风从水面上吹来的，摇动梧桐树影，捎来茶园的清香。

这天丹红在茶室忙碌的间隙，看见湖面上倒映着一圈彩虹的光圈。她一惊，抬头去看，发现天上有一轮七彩的光晕。她把照片晒到了朋友圈里。

这间大木山茶室是建筑师徐甜甜设计的，建成之后，在国际上获了奖。很多人跑来打卡，在这里喝一杯茶，感受一下跟大自然贴得最近的感受是怎么样的。可能建筑是联系人与自然的中间体吧，如果没有这间茶室，许多人身处大自然当中，而不自知这一份美。

好的建筑，如同好的照片一样，都是一种微小的提醒。

徐甜甜在设计茶室的时候，为了保留五棵梧桐树，特意把建筑退后了许多。现在，梧桐树成为茶室不可或缺的四季风景。

树影、阳光、波光、茶田，周围环境里的自然元素，都成为茶室建造的场地条件。建筑师说，这座茶园太美好了，要把自然环境引到室内来，也要让建筑融于大自然的外部环境。所以，她在这里实践了"半建筑半自然"的观念。

半，且半，这是很美好的状态。

半醺。半饱。春山半是茶。偷得浮生半日闲。

宋代松阳乡贤朱琳，有一首诗写当地的延庆寺塔，诗曰："僧老不离青嶂里，樵声多在白云中。"这也是很好的状态——樵声多在白云中，云雾飘来荡去，砍柴人如在仙境，茶园也如在仙境。

松阳这个地方，适宜茶树生长。八山一水一分田，山多；水呢，几乎都出自松阴溪。这条溪是浙江省第二大江瓯江上游的主要支流，一半的流域在松阳境内。山中多云雾，气候也适宜茶树生长。云雾之中，多茶。茶就是松阳的一张金名片。大木山茶园，是松阳茶园的代表作。2015年，位于新兴镇的大木山茶园，被评为国家4A级旅游景区，成为国内首个将自行车骑行运动与茶园观光休闲融合的旅游景区。这个茶园浩瀚如海，核心面积3000余亩，连片茶园面积8万余亩，景区内建有休闲骑行赛道8.3公里，专业骑行赛道7公里。骑车在茶海之中，简直是另一种方式的饮茶——目之饮，鼻之饮，肤之饮，耳之饮，何其酣畅哉。

松阳人的屋角、檐下、篱旁，都种着一棵棵茶树。开窗面茶圃，把盏话香茗。怪不得徐甜甜来到大木山，要在这样的茶园里建一所茶室；还要把这样的建筑，隐没在一片浩瀚的茶海之中。人在草木间，才是一个茶字呢。

明代贡生，松阳人占嘉卿，在他一首题为《万寿山》的诗中说："空厨竹畔无烟火，细和茶声有竹鸡。"炉上煮茶的声音，和窗外母鸡的咯咯叫声相和，山中日月长，这样悠然缓慢的日常，放在今天，也一样是叫人无限神往的事。

四月以来，丹红每天是在大木山茶室中度过。也在童话一般的风景中，消磨她的一天一天。如果人生注定是一场浪费，那就一定要浪费在自己热爱的事物上。她是热爱茶的。在松阳，还有一些茶室，如老街上的"松阳故事"，乡下的"田园书房"，还有这大木山的五棵梧桐树下的茶室，都是众生凡俗的日常生活与茶事联结的秘密通道——在这里，茶不只是一碗茶汤；它更是云雾，是音乐，是古今贤人间的对话，是心灵之舞——说到底，那是美啊。

五

神仙居里有座西罨寺——罨字难写，也难读。罨读作烟。最初听说这个名字，我误以为"溪烟寺"。一溪烟云，乃是山水好处。九溪烟树，更是层层叠叠。北宋有个诗人写过一首作品，其中有句，"多谢溪烟知我意，预先替作碧纱笼"，叫人印象深刻。有一段时间，我常于手边闲翻一册宋诗，喜欢宋诗里的乡村日常生活状态。从前的人——且笼统地称作"古人"吧，信帖是手写的，风是扇子摇来的，出行是步行或骑驴，去见个朋友则要十天半个月。没有工业化的时代，一切都很低碳、低效，因此是不是也可以说，效率，是对生活本身的损耗——不过，当然大家都不会同意这个说法。

陆游也有一首诗，于1208年6月写在行旅途中乡野小店的墙壁上："裹茶来就店家煎，手解驴鞍古柳边。寺阁重重出山崦，渔舟两两破溪烟。"诗意如画，最后两句取典用作"溪烟寺"，岂非大好。

西罨寺现在没有了，只留下一个遗迹。神仙居在未整体开发之前，也叫"西罨寺景区"。《康熙仙居县志》记载，西罨寺旧在十七都境内，由北宋的雪崖禅师创建。明代时，左都御史吴时来少年时曾在寺内读书，直至清代，寺内还藏有吴时来的像。

这座西罨寺数度毁圮，清代有僧人重修，后又毁，在上世纪景区开发时，寺庙已早被荒草芜没，只留下一个地名。也有文人留心去查这座寺庙的历史，发现资料极少，乃是一座名不见经传的小寺，创寺的雪崖禅师也没有太多记录。

夏日，我与顾一生前往神仙居拜访攀岩高手"33流云"，这是一位户外大侠，经年累月在岩壁悬崖之上攀援，瀑布速降，穿越丛林，穿越人生中的恐惧地带。这是一种低碳的行走方式，基本依赖于身体本身的能力——抵抗恐惧的能力，持续运作的能力，平衡的能力，呼吸的能力，等等，像原本就在大自然中的猿猴与飞鸟一样，像千百年前的人们一样。

从悬崖下返回，路过西罨寺遗迹，驻足好一会儿。神仙居这个地方，巨峰矗立，石破天惊，天地力量呈现出令人惊叹的造物神奇。想当年雪崖禅师隐居于此，在一座小小的寺庙里修行，领受天地和内心的启发，当有许多的收获。这片地方，晨昏之间风云流转，日出月落各有不同，即便是一天之内，也是变幻莫测。而四时天气，雨有雨的神奇，晴有晴的明朗，雾有雾的迷离，雪有雪的隽永，日头在山间移动，溪流在巨石间潺湲，云烟在丛林中生成，缓缓凝聚，又缓缓飘散，来无影，去无踪。

从西罨寺出来，见崖下山坡遍地盛开着一种粉红花朵。这花朵我熟悉，小时在山林中常见，我们唤之"野苹果"，学名叫"地菍"，桃金娘目野牡丹科植物。到了秋天，地菍结出一地紫色的小果实，酸酸甜甜，滋味甚佳。许多年没有吃过了。我拍了好些照片，与顾一生相约待到果实成熟，一定来吃。

多谢溪烟知我意。查到写这句诗的北宋诗人叫魏野。一千多年前的夏天，没有空调，没有电扇，人们自有一些消暑的办法。魏野还有一首诗："寻常苦出门，况复在炎蒸。短褐披犹懒，长裾曳岂能。松风轻赐扇，石井胜颁冰。只此贫无事，常愁不易胜。"我在寻访西罨寺的时候，也正是暑热最盛之时，想象一个赤膊袒腹的宋人，坐在松林下、石井边，悠然自得的样子，不觉也有一阵凉意沁来。

六

多谢西罨知我意。现在很多人到神仙居去,多不曾在西罨寺前驻足,也不知道西罨的来历了。从西罨寺再往山上走,从攀岩处的山脚再爬山约二十分钟直到半山腰,有一处别致的居所,叫作"韦羌草堂"。韦羌草堂有一面湖水,难以想象在这样的山腰上,居然还有这样灵动的水,山中倒映着山影与草木,山风拂来,山影居然也开始摇动。黑瓦白墙的建筑,悄然隐于山间,一切都是静静的,仿佛在无声注解一句小令:

山中何事?松花酿酒,春水煎茶。

在盛夏酷暑之中,躲进韦羌草堂,真是再幸福不过。翻开明代高濂的《四时幽赏录》,可以知道那时文人是如何消暑的——譬如我套用一下,这座大山就是一座消暑胜地:

草堂谈月;松风煎茶;草堂夜宿;飞天瀑观流虹;山晚听轻雷断雨;林间听蛤蟆夜莺;观山中风雨欲来;鸡冠岩下坐月鸣琴;步山径野花幽鸟;南天顶晚霞流云;西罨幽谷攀岩发汗自然凉……

总之,这也都是一些低碳的自然主义的生活美学。今人非不知,乃不能也。

这韦羌草堂,名字来源于倪瓒的一首题画诗,仙居柯九思作《韦羌草堂图》,倪瓒点赞,写道:"韦羌山中草堂静,百日读书还打眠。买船欲归不可去,飞鸿渺渺碧云边。"

韦羌山中草堂静,韦羌是一座山,但也有说是一个人。南宋陈耆卿《赤城志》记,仙居县西四十里有韦羌庙,祀韦羌山神。传说中,五代时有韦三郎者,把自己家拿出来做了寺庙,后人纪念他。又有一说,县东三里有韦大将军庙,俗传为韦三郎之兄。

说法众多,听了不久也就忘了。但这山的神秘,亦在于这山的幽深。大凡深山,总有许多神秘的地方。山是隐藏诸多秘密的地方,山沉默不语,而秘密尤为亘古。这样的深山之中,幽人也是很多的。幽人对酒时,苔上闲花落。在这样的山里饮酒,两人自然是最好的。若是一个人,不免枯寂了一些,只能学一学李白的高阶玩法,待得月亮出来,对影成三人。

不插电的生活,还是遥远了。记得有一回,我与数位友人夜宿海岛,听海涛阵阵,本来也是一个美好的夜晚。细听,海涛极有规律,却原来,那是空调的声音。窗门紧闭,哪里听得到什么海涛。正在饮酒之时,突然"啪"一声,整间民宿都停电了。我们一愣,在三五分钟戏谑玩笑之后陷入隐隐的不安——太热了!打开门窗,海涛声的确是阵阵传来,但海风却是极为潮热,吹得人坐立不安。又刷了一会儿手机,发现整座小岛都停电,这电一时半会儿没有要来的意思,慌乱情绪便开始不可阻挡地蔓延——

怎么办?怎么办?

当下人已无法接受毫无预兆的停电了。蜡烛只能提供微小的光亮,无法解决网络问题。海涛松风只能营造片刻浪漫,无法安抚一颗需要充电的心灵。那个海岛之夜的后半截故事是,一群人,手忙脚乱地收拾行李,摸黑逃离了海岛。众人花了好几个小时,奔向霓虹灯闪烁地方——当城市终于出现,璀璨的灯光扑入眼帘的一刻,一车人发出了恣意的纵声大笑。

所以,到山中来吧。韦羌草堂是一次实验,也是一场生活指南。松花酿酒、春水煎茶。当灯光尽数熄灭,头顶的星空一粒一粒闪烁,银河无比清晰地挂在头顶,那一刻,我们将得到什么样的启示?

七

地菍在专心致志地开它的花。革质的藤叶上,闪烁着夕阳的温暖色调。众人坐在神仙居的南天顶,目睹了一场绚丽至极的晚霞。

对于美好,语言有时无法尽述,相机镜头也无法捕捉和重现,唯有用心灵去点滴感受。

在美的事物面前,科技经常是无能为力的。

有人折了一枝木荷,将花朵别在包上,这一路我是带着花的人。深山日暮,我们坐在南天顶流连忘返,不舍离去,直到太阳躲进最后的云彩之下,此时归去,这一路我们都是拥有晚霞的人。

拥有晚霞,比拥有一百枚金币更值得自豪。拥有一整个晚霞的人,晚霞会在身体里发光,类似于小小的萤火虫,吟唱一首有节律而没有声音的歌——注解:有的时候,歌声不必让别人听到。

想起陆游,八百多年前写下"裹茶来就店家煎,手解驴鞍古柳边。寺阁重重出山崦,渔舟两两破溪烟"的诗人,不曾坐过飞机高铁,不曾享受过空调地暖,没有电脑和打印机只能手写诗书的家伙,却拥有那么多令人羡慕的好东西——风雪,渔舟;翳翳桑麻巷,幽幽水竹居;清溪,野寺;宿鸟惊还定,飞萤阖复开;橘包霜后美,豆荚雨中肥;出裹一箪饭,归收百把禾。有一片田,一条溪,也有一座村庄,无数条泥泞小路，有书有剑，驿外断桥边。

陆游一定也是晚霞拥有者，所以他可以安静地在书房坐下来，矮纸斜行闲作草，晴窗细乳戏分茶。他又说到茶了。他上次说，裹茶来就店家煎。这是一个走到哪里都自带好茶的诗人。他拥有一些只有极少数人才能拥有的好茶。这茶也许来自于福建闽北；也许是士大夫之间馈赠的佳物。他在晴窗前坐下来，慢慢地点茶。陆游的一生痴茶爱茶，他的点茶技艺也十分精湛，茶筅在建盏中不断回环击拂，汤面泛出细腻的乳白色汤花，建盏的黑釉与茶汤的白色相互映衬，汤花久久不散。

我们在神仙居暂坐，在山下借居，看见这山的晨昏，流连这山中的云霞溪烟。这是山中之美。我们在这山里看见攀岩的大侠，将人生的日常交付于沉默的山野悬崖，看见远去的僧人，把一生托付给建了又毁、毁了又建的小寺。我在这神仙居的林间小径，看见地苍的花朵在悄然开放，听见石蛙在夜深的星空下鸣叫……这都是，山中之美呀。

所以，神仙居不是一座简单的山。它的丰富远在我们的想象之外；除了那些显而易见的部分，你需要更广谱地打开心灵感受器才可以捕捉得到。而另外还有一部分，则需要你我侧身而入，参与到山的里头，才能微妙地达成。有月有酒，还有对影才行；有松风，可煎茶，还须一起竖起耳朵，听一听远处的轻雷，听一听微小的雨滴，打在松针之上；当露珠在蓝色的翠云草上凝结，你我需要俯下身来，才能看见露珠里映照的幽蓝，在一点一点地生长，变大。

顾一生是个姑娘，常在山里行走，她是拥有一部分大山的人。攀岩高手"33流云"说，当你攀在那片悬崖上，整个世界只有你一个人的时候，不只是那座悬崖是你的，那座山也是你的，整片天空的晚霞，都是你的。

而那一刻，我则坐在消失的西罨寺外，喝茶。

家在白云间

  白云的事情，先是鸡的事情。
  老婆婆拄着拐杖，大清早就笃笃笃地来找牛思贤。牛思贤刚吃过早饭不久。老婆婆说小牛啊，你不是说要看小鸡吗，快来看看，今天就要孵出来了。牛思贤唉了一声，跟着老婆婆走去了。
  牛思贤跟老婆婆第一次遇见，也是在村道上。老婆婆当时张大了嘴，这大山里，半年没有见到一张后生面孔，这个后生不像是我们白云的人呀。她盯着牛思贤看了半天，嗫嚅着说，伢儿，你能不能帮我换个灯泡？
  老婆婆家是典型的山里人家，老房子，泥墙屋，朴素但收拾得干净。换好了灯泡，牛思贤就在屋前石头上坐了一会儿。这个小村庄太美了。一座座白墙黛瓦的老房子，错落有致地掩映在竹木丛林里，鸟鸣一串一串的，云也一串一串的，鸟儿排着队从山冈上飞过，云也排着队从山冈上淌过。怪不得村子就叫白云，真是好名字。
  这眼前景象，跟老家甘肃的景象完全不一样。到底，一个是西北，一个是江南。生于一九九二年的牛思贤，大学读的是酒店管理，毕业后在北京一家五星级的酒店工作。后来怎么就到杭州来了呢，想也想得到，是为了爱情。

到了杭州，甘肃老家也很少回去。虽然村庄景象不同，但二者相同的是，村庄里都没有几个年轻人。牛思贤来到白云这个村庄，也见不到青春的面孔。这是桐庐的山里，离省城杭州不远，年轻人都到城市去了，村里只剩下一些老人。牛思贤叹了一口气，本来他也应该在大城市工作的，五星级酒店不香吗。他的同学，大多数都留在了天津、北京、上海的金碧辉煌的酒店里工作。他到了杭州，看到桐庐厚院村舍民宿招聘管理人员的信息，就好奇地试试。厚院村舍是一家公司在白云村投资改造的精品民宿，保持了村落里原有的形态，2016年6月完成了第一期改建，投入试运营。看到牛思贤的简历，反而是招聘者不自信，说要不，你到实地去看看再说？就这样，牛思贤来到了白云。

看的结果是，他被震住了。

首先是满眼绿意，让他震撼。什么叫江南，一直在西北和北方生活的他才知道，江南是这样绿意葱茏的。其次是村庄的原始古朴，把他震住了。这山里还有那么多老房子、破房子，有的还是石头砌成的。主人外迁，很多房子年久失修，摇摇欲坠。这样的村庄，还能做民宿吗？牛思贤也看不懂。他没做过民宿，很好奇。民宿跟五星级酒店不一样。酒店都在城市里，民宿很多是在山野中。酒店设施豪华，服务到位，但很多民宿的房价反比酒店贵。牛思贤是真看不懂。看不懂，他就想了解了解，研究研究。就这么着，他在白云村里留了下来。

换好了灯泡，老婆婆连声道谢，还要给牛思贤让茶。牛思贤连连摆手，说不用不用。他又说，这爬高爬低的事情，以后随时可以找他。他就住在村道下方，那个改建老房子的工地上。他问了老婆婆的岁数，老婆婆笑着比了个手指，七十多喽！这让牛思贤暗暗咋舌。

后来他们又在村道上遇到过两次。有时老婆婆也会到厚院民宿的工地来看看,不知道是看他呢,还是看老房子。有一次,老婆婆忍不住问,这老房子眼看就要倒了,还花钱修它干吗?修好也没人住啊。

牛思贤说,老婆婆,房子倒了可惜,这修好以后,有城里人会来住。

老婆婆只是摇头。后来她就让牛思贤去她家看孵小鸡。牛思贤从来没有见过小鸡是怎么从鸡蛋里孵出来的。去了一看,他高兴极了,原来是老母鸡在竹筐里抱窝,肚子底下耐心地拢着二十来颗鸡蛋。他跟老婆婆说,以后我每天都要来拍一张照片!

后来小鸡孵出来,老母鸡带着一群小鸡满地跑来跑去,牛思贤依然每天都去老婆婆家拍一张照片。他可从来没有见过孵小鸡呢。

白云的事情,再是芭蕉的事情。

村里有六十多幢房子,风雨飘摇,有的就要倒了,有的已经塌了半边。施工队一点一点地修。牛思贤眼见着修老房子有多不容易,几乎比新建房子更难。比如有一幢老屋,门楣上有四个大字,"旭日东升"——对了,村里的老屋,家家都会在门楣上写几个字,旭日东升、奔向四化、春风得意、风华正茂、鸟语花香、春暖花开……一幢一幢看过去,好看极了。有的房子,半边坍塌,里头的木结构却仍然完整,这要倒了,多可惜。

牛思贤也觉得可惜。"旭日东升"是村里最老的建筑,始建于清末,十年前,住在房子里的两位百岁老人去世,房子无人居住,也很快破败下来。为了重修这栋房子,工人保留房屋外观原貌,把原来石墙的每块石头都编了号,一块块拆下,做完加固和修补后,再按编号一块块垒回去。

牛思贤走过"旭日东升"前,看见矮矮的石头围墙里面有个小院子,落地玻璃窗里是个小茶室。这个小茶室,是老屋边上的猪圈改的。现在改成小茶室,一张沙发,客人来了,坐在那里喝茶,能沐浴一身的明媚阳光。如果是下雨天就更好了，外面有一丛芭蕉，雨点啪嗒啪嗒打在芭蕉叶上，好一幅听雨图。

牛思贤想，要是厚院民宿不来村里，这些房子会怎么样呢？

可能再过两三年，很多房子就彻底坍倒了吧。村民章小军见证着村里几十栋老房子的命运。这三四年，村里的老房子一栋一栋地"复活"过来，重焕生机。先是，有十一栋老房子改造好，内部装修完成，投入试运营。之后，又有十一栋房子在逐一改造。这些房子变成了明亮的民宿、餐厅，变成了洋气的茶室、阳光房、客厅。你都不知道客人们是从哪里冒出来的。从上海来的，从杭州来的，从广州来的，从南京来的，拖着箱子，背着行李，穿过弯弯绕绕的山路，然后在这山野之间住下来。

本来都要倒掉的房子，没人住，也没人去修。现在有人帮你修好，还每年给你钱，这样的好事，就好像天上掉下来的一样。

章小军掐着手指算一笔账，现在按建筑面积算，一平方米给村民十八块钱，二百平方米一年就给你三千六。二十年后，租金还要翻倍。这真是好山好水好运气。

就这样，牛思贤留在白云当了厚院民宿的大管家。他跟每位村民慢慢熟悉起来，也跟村里的一草一木慢慢熟悉起来。两年下来，他知道了路南的哪棵梨树先开花，也知道了路北的哪棵板栗果实最甜。他让人给每一堵低矮石墙都种上了佛甲草，到了四五月份，小小的佛甲草也会开金黄色的小花，一开一片，让人每次看到都想拍几张照片。许多老房子的墙角，都有一丛芭蕉，很多是从前就有的，一直保留下来，每到下雨天都特别有江南的味道。

"进则江湖，退则田园"，没想到这样的梦想，居然在白云慢慢成真。听着雨打芭蕉的声音，牛思贤已经不羡慕那些留在大城市的同学了，因为很多同学看到他发的白云的照片，反而开始羡慕他的田园生活。

白云的事情，然后是笋干的事情。

一对上海夫妻来到白云，住了三天，不想走了。晚上住在村舍，白天就出来在村子里闲逛。路上遇到虎根老妈，虎根老妈说，走，到我家里去吃茶。就领着客人走着弯弯绕绕的台阶，一路看草看花，走去她家吃茶了。

茶是山上的野茶，泡出来很香。虎根老妈七十多岁，又把番薯干端出来给客人吃。吃完，上海客人要付钱，虎根老妈一拍围裙，哎哟，我们山里人自家的东西，要什么钱啊！

虎根老妈说的也对，有人陪她聊天，她已经开心得不得了。

以前村里拢共只有二三十张老面孔，走来走去，碰见了，也是说那几句翻来覆去的话："早饭吃了？""吃了！""晚饭吃了？""吃了！"有时候见了，也不知道说什么好，就点点头不说话，各自走路。

现在头一抬，说不定就碰到一个陌生的客人，满眼都是好奇。"哎呀这是麦子吗？""这是韭菜。""这只鸭子长得真大！""这是大白鹅呀。"这时候，山里人活了一辈子的见识，发挥出大用处。总有人喜欢听他们讲故事，讲大山里的事，田地里的事，还有过去几百年几十年的旧事。只要有人听，山里人就能讲。

村里老人，六十多岁的，七十多岁的，现在也在民宿里帮忙。卫生清洁，种瓜种菜，或是修剪花草，厨房帮忙，一个月也有三千多的工资。山里人六七十岁，身体还硬朗着，有时手上扛一把锄头就上山了，爬山的速度，年轻人都赶不上。

春天里，好竹连山觉笋香，遍地都是粗壮的笋。山人用编织袋装好，整袋地扛下来。牛思贤见了，就说，这些笋好哇，都扛到民宿里来，我们都收了。

这座小山村，始建于唐末。百亩平畴卧于中央，四面青山怀抱，只有一条山路依着一条溪流，劈开群山出深谷。世外桃源呀！这里的冬笋和春笋都多，运出去很费劲，还卖不掉，村民只好晒成笋干自家吃，吃不掉的，也任由它长成竹子。

现在客人来了，看见村民的笋，也整袋地买了，放进汽车后备厢。

也有客人找牛思贤打听，管家管家，山里还有啥好东西，你给介绍介绍，我们买。

客人吃了笋，觉得笋鲜美。吃了土鸡煲，觉得土鸡鲜美。吃了野茶，觉得野茶鲜美。这样的土货山货，大城市里哪里买得到！

牛思贤就说，这个简单，你随便走进哪一家，问一问，保准都有好东西。

这两年，山民家里的笋干，都给客人买走了。竹林里跑的母鸡，也给客人买走了。山民也高兴，这才知道原来自家的土货也都是好东西。

白云的事情，也是雨水的事情。

牛思贤的女朋友，在省城工作，有时候也开车进山来看他。他现在知道了，民宿的工作比五星级大酒店更有意思。大酒店里，就是按部就班，遵章守制，而在白云，他的工作很多时候很自由——跟老婆婆聊天，帮她们换灯泡，就是工作的一部分。客人来了，他坐下来，跟他们聊聊村里的事、山上的事，也是工作的内容。

牛思贤现在也是白云的人了——他越来越喜欢山里的生活。

老支书那天来问他，路南的这十几栋房子改造好了，路北的这些房子，啥时候也能完工。这两年，他眼看着白云发生着一点点的变化，变得生机勃勃。

在中国，平均每天有一百个村落在自然消失。这是牛思贤从网上看到的数字，十年间，有九十万个村庄从地图上消失。他想到，如果没有人来到白云，那么，也许用不了十年，白云也会消失的吧。

现在，白云已经有了新村民。这让村里人惊奇。其实，山里的房子整修好了，房前有院有田，屋后有山有水，想要种水稻栽南瓜都可以。有城里人在这里住过几次，就萌生了赖着不走的念头，干脆签下一栋房子二十年的使用权。现在你吃过晚饭，在村道上走一走，迎面遇到的很可能是个艺术家、画家，或者是个证券师、职场"白骨精"，他们都是白云的人了。

还有人把孩子也带到山里来养了。说是，下乡养儿，让娃多感受一下乡村生活的本来味道。

还有一位三十来岁的年轻人，叫袁志强，他在不远的茅山坪办了一个农庄。跟牛思贤认识之后，又跟厚院民宿合作，拿了其中一栋民宿，办起了"玩家部落"。野炊，烧烤，登山，挖笋，野外拓展训练，真人射击游戏，很多公司把年轻人也拉到这里来团建。

那天，我和牛思贤、袁志强，还有村里的小导游、老支书，几个人一起坐在民宿二楼的平台上喝茶。正是六月的雨季，远处群山笼着一层雨雾白纱，几只白鹭在田野间起落蹁跹。屋檐水从黛黑的瓦背淌下来，哗啦啦，哗啦啦。

老支书说，白云呀，千年小村庄，历史很悠久的。从前的人，进山出山，都不容易，有一条古驿道，一直通到白云间。

黄坞坪、前山、大坑溪，跟着这一个个地名，我们的思绪，一直飘到那白云间去了。檐廊外面的雨还在下，雨点打在瓦背上，打在芭蕉叶上，滴滴答答，朴朴啪啪，使人产生悠然世外之感。

过一会儿，听到一阵"轰隆隆""轰隆隆"汽车引擎的声音。我们扭头，看见一辆颜色明黄的玛莎拉蒂跑车，在村道上缓缓开过。牛思贤喝了一口茶，起身拿起雨伞，说应该是客人到了，他去路口接一下。

我听着雨，觉得这雨水真好。山里的雨水浇灌万物，生生不息。山间的白云，走走停停，也是如此。

在新疆

一

新疆的大地真是辽阔。车行南疆大地，不免有了浩荡的印象。在这样的浩荡里，又总是有一些劈头相遇的细节，即便时间过去很久，也反而在记忆里越加清晰地浮现出来。

譬如核桃。

在新疆，时时能遇到核桃。吃的点心里有核桃，作为主食的馕里有核桃，街边小摊上卖着核桃，公路两边也有成片核桃林。

我带了一本书在旅途上阅读，斯坦因的西域游历记，《从克什米尔到喀什噶尔》。路经之地，时常能在百年前的文字里找到对应的碎片。同行的年轻诗人麦麦提敏·阿卜力孜，对于和田一带十分熟悉，他的家乡在和田。行进中的道路上，左手边是昆仑山，隐约可见轮廓；右手边是塔克拉玛干沙漠；穿越茫茫戈壁的路上，麦麦提敏一路向我介绍大地上的事物。十四日的上午，车轮奔驰中，麦麦提敏说，小时候听老人讲，沿着这条路，一直走，一直走，翻山越岭，就可以到达有水的地方。

"荒秃的达希特和沙丘之间地带,一直受到达希特和沙丘的覆盖和包围的威胁,这一形势与新疆的绝大多数绿洲一样。"书中这一行文字下方,被笔画了一道横线。麦麦提敏告诉我,"达希特"就是戈壁的意思。这一段道路,当年的玄奘也走过。

穿越沉闷的达希特,我们抵达了皮山县,这是一个巨大的绿洲。在那之后,麦麦提敏消失了一个中午。

他回家去了。

他的家在皮山县的某个村庄里。

他家所在的绿洲,很多年前还是一块孤立的地方,不与其他绿洲相连。绿洲的三面是塔克拉玛干沙漠,另一面是戈壁,更远的地方,就是荒凉的大山。

我们继续在皮山的行程,这是一次短暂的寻访,我们去了几个地方,看了一个养羊的企业。这一种养羊的方式让当地很多人参与进来,并且在经济上获得了回报。羊儿们奔前跑后,养殖区有无数的大羊和小羊。

下午两三点,当大家上车的时候,我惊讶地发现,麦麦提敏也已经重新出现。他背了一个大编织袋。在车上,他变魔术一样从编织袋里往外掏东西,那是一袋一袋的大核桃,他把这些袋子分别递到大家的手中。

麦麦提敏说,这是他老家的特产,送给大家。

这个两年多没有回过家,没有见过父母的年轻人,回去与父母度过了一个难忘的午餐时光。我问他,父母给你做了什么好吃的。

他有点腼腆地笑了,说,做了最好吃的馕。

他又说,很多亲戚都聚到一起,大家见了一面。

新疆的大地真辽阔啊。这个村庄到和田地区有近两百公里。这个村庄到乌鲁木齐则是一千六百公里。麦麦提敏在乌鲁木齐上班,平常

野外的事情 | 085

工作太忙了,那个叫皮山的家乡又实在太远,回家一趟,真不容易。这种空间上的距离,只有在新疆才能真切感受。

在2008年,麦麦提敏作为五千多名新疆内地高中班的一员,到北京通州区潞河中学上学。四年后,他考上了江苏大学——当然,这是我后来才知道的。我所知道的麦麦提敏·阿卜力孜,已经是一名写了许多作品的诗人了。

那天,我所认识的麦麦提敏·阿卜力孜,拎了一大袋核桃上车。

很久以后,我在杭州的一间书房里,从盘子里拿起两颗核桃剥开来吃,就想起了麦麦提敏。

我从网上找来麦麦提敏的诗作,一句句慢慢地读,就像剥开一颗一颗核桃的壳。

二

在麦盖提县。

吃饭进行到一半,艾海提·买买提和他的两个兄弟匆匆赶到,抱着吉他和手鼓。

他们坐在房间的一角,开始唱歌。他们先唱了一首《打起手鼓唱起歌》,又唱了一首维吾尔族歌曲,歌曲很欢快。艾海提歌声动人。他唱那首维吾尔族歌曲的时候,扬起脖子,声音嘶哑,歌词我听不懂,但那歌声里分明有一种力量,让我忍不住眼睛湿润。

饭局散去后,我悄悄找到了艾海提。

后来我知道那首歌的歌名是,《萨拉依麦西莱普》。歌词大意是这样:

我家门前一枝花。

每天我都看到她。

她见别人笑开花。

她见到我不说话。

你的名字叫古丽赛迪。

我在梦里见过你。

我深深地爱上你。

我也真的需要你。

作为一种民俗，刀郎木卡姆在 2006 年被列入中国第一批国家级非物质文化遗产名录。

艾海提·买买提就是刀郎木卡姆的传承人之一。刀郎木卡姆集歌、舞、乐于一体，分布在塔里木盆地西北部，以叶尔羌河至塔里木河流域为中心的刀郎地区，尤以麦盖提县为盛。

我问艾海提·买买提：你和你的兄弟，总共三个人，他们两个人分别叫什么名字？

艾海提·买买提：那两个兄弟，一个叫地力夏提·阿巴斯，他弹的是维吾尔族民族热瓦普。还有一个叫阿不都海力力·买买提艾力，他弹的是维吾尔族手鼓和扬琴。

我：你们是一个乐队吗？

艾海提·买买提：是的，我们的乐队名字叫"巴雅碗乐队"，巴雅碗，就是戈壁滩的意思。

我：你学习刀郎木卡姆几年了？刀郎木卡姆有特别的魅力吗？

艾海提·买买提：已经十六七年了。我喜欢刀郎木卡姆。只要是麦盖提人，都对刀郎木卡姆特别感兴趣。因为它不管是旋律上、节奏上还是演唱上，都很自由。

我：时间已经很晚了，你们还赶到酒店来给我们唱歌，谢谢你们！我想知道在接到邀请之前，你在干什么？

艾海提·买买提：那时候我还在吃饭，跟我老婆一起。她在乡下工作，有一点距离。差不多一个月能来一次，跟我见面。接到电话后，我把她一个人留在那里，然后来你们那里唱歌了。

夜深未及多聊，便各奔西东。

第二天，我们去了麦盖提县的刀郎农民画乡，然后进入北纬39度沙漠基地。19世纪瑞典探险家斯文·赫定，就是从麦盖提出发，进入沙漠，发现丹丹乌里克遗址、喀拉墩、麻扎塔格戍堡、楼兰古城等历史遗迹。

大漠苍凉，天地雄浑。

从沙漠里出来，一群维吾尔青年唱歌、弹琴、跳舞，献给远方的客人。人群之中，居然又看见了艾海提·买买提。

真高兴。分别前，我们肩并着肩地拍了一张合影。

三

要怎么说，才能表达我对手工古纸的热爱呢。反正，知道要去和田墨玉县普恰克其乡看桑皮纸，我就一路充满期待了。

普恰克其，有"桑皮纸之乡"之称。我在《中国古纸谱》（刘仁庆著，知识产权出版社2013年9月第2版）中，见到过收录书中的"新疆桑皮纸"，其纸样正是来源于墨玉县普恰克其乡布达村。抚摸那一小方手工古纸样品，粗糙纹理传递给手指遥远的植物气息。

没想到,这次就有幸遇见了。

走进布达村一个桑皮纸作坊,四十三岁的布再那普·司马依迎接了我们。她是桑皮纸技艺传承人的妻子。布再那普给我们展示手工造纸的一道道工序。桑皮纸的制作,与别的地方的手工纸制作的工序没有本质上的差异。其以桑树皮为原料,须经过剥削、浸泡、锤捣、锅煮、发酵、捞纸、滤水、晾晒、揭纸、分类、打磨等等,总共十几道复杂的工序,才能制作而成。

我们见到了其中的几道工序。譬如坐在石台前的匠人,耐心地举起硕大的木锤,把剥下的桑树皮锤打成木浆。匠人向我们展示捞纸的手艺,要平稳而缓慢地从水中抄起木浆,使纸浆在筛子上薄薄地摊平。院子里的木框里,正晾晒着纸张,温暖的阳光下,纸张反射着柔和的光线。

布再那普拿起晾纸的木框子,啪啪啪啪,她轻轻柔柔地敲打。那一层纸渐渐脱离了框子。她小心地揭起纸张,对着阳光审视与打量。

古老的纸张,从来便是文化的载体。

手工古纸对于今天的许多人来说,遥远而神秘。我们有太多便利的方式,随处可以得到纸张。但对于古代的人们来说,一页纸便有着一页纸的巨大重量,那是人们对于文化与文明的尊重与敬意。

"最早的新疆手工纸,根据考古发掘的资料表明,大约是在公元7世纪初,从中原地区传播过去的。"《中国古纸谱》上说,在新疆的历史上,桑皮纸"广泛用于书信往来、档案卷宗、会议记录、经籍印刷、司法传票等"。

想象一下,在塔克拉玛干沙漠的边缘地带,考古学家们发现大量的那些桑皮纸典籍,证明桑皮纸技艺,比东汉蔡伦的造纸术还早三百年,这是不是足以令人震撼。而在和田地区博物馆,还有许多桑皮纸的文物,多为唐宋时期之物。

野外的事情 | 089

古老的桑皮造纸技艺，在普恰克其乡传承千年。传统手工技艺制出的桑皮纸，纸张纤维长，拉力很强，防虫，书写不易褪色，吸水性好，成为书法和绘画纸材中的珍品。2006年，新疆桑皮纸制作技艺，被列入第一批国家级非物质文化遗产名录。

布再那普的普通话说得并不流利，但她使用微信极为熟练。许多慕名而来的人，加了她的微信，她也在朋友圈里向人们传播着桑皮纸的故事。

她说，整个墨玉县，会桑皮纸这项技艺的也不过十来个人。

桑皮纸被一层层码放整齐，放在商店里出售。大的二百元一张，小的几十元一张。我买了几张，请布再那普小心卷好，放入纸筒之中。

我要把这古老的桑皮纸带回江南，好好收藏。

同行的编辑家、作家甘以雯打趣我，是不是要用这古老的纸张写一封情书。散文家葛以敏和小说家苏二花则高深莫测地认为，这一程的寻纸记，收获最大的就是我了。

我愉快极了，心说是的是的，一路抱纸而归。

所有的相遇都自有缘由，而我亦当珍惜。

四

"你可以一眼看穿乌鲁木齐的五脏六腑，但你却永远无法看透喀什那双迷蒙的眼睛。"这是作家周涛笔下的喀什。

"我最喜欢做的事是，走到喀什古城转角处的一个咖啡馆，把自己藏起来，藏在时间之后。"这是深圳援疆指挥部、喀什地委宣传部副部长，亦是资深媒体人王剑锋最喜欢的喀什。

每个人都有一个自己的喀什——浸淫其中越久,感受就越丰富的喀什。

而我的喀什过于短暂。

短暂到只有一个白天和一个黑夜。

第一个印象是,喀什的味道如此鲜活——在喀什,桃子回到了桃子。苹果回到了苹果。葡萄回到了葡萄。枣子回到了枣子。石榴回到了石榴。我喝的那一杯石榴汁,居然是这样的石榴汁。

就像生活里的事物,一下子成为了它自己。

我们的生活到底有多少是被遮蔽了的?

在喀什,真不敢相信这一切这么快就发生,很多事物回到了它本身的真实状态。我知道喀什的瓜果有名,这里阳光充足,气候适宜。所有的甜分都在瓜果内部集聚。我们立在一片苹果园中,举手即可摘取任意一枚苹果。那嘎嘣脆的质感与牙齿咬开时的声响,传达出一枚好苹果不可复制的特点。

而苹果园中的我们,欢呼雀跃,仿佛重新回到孩子的天真状态(我相信这是在苹果的指引之下完成的回归)。

我们坐在餐桌前,享用一顿午餐时,对每一道食物发出由衷的赞美。

而我心中,同时也在微微叹气(这么好吃的东西可惜不能带走)。

我们没有去走走喀什的高台民居,泥巴墙的老房子,迷宫一样的小巷,奔来跑去的孩童,沉迷手艺的匠人,他们都处在自己的时间流里。我是在岸上,走不走进河中,其实都没有什么不同。

夜幕降临时,我们走进一间安静的酒吧,朋友们坐在一起喝了许多酒。都是热爱文字的人们。都是性情率真的人们。目光相接之时,便把彼此引为知音了。这是喀什的神秘力量吧,这天大地大的新疆,把人内心的"小"悉数冲刷干净,只留下闪闪发光的天真。

在水一方

植物的使命

穿过芦苇地的时候,工作人员说当心,这些芦苇的叶片边缘有锯齿,不小心会伤到皮肤。于是我们小心翼翼,在这些叶片当中行走。如此宽阔的芦苇荡,在黄河边的湿地里,在沙漠的边缘——简直让人感到惊讶。粗壮的芦苇挺直,比人还高,其叶狭长飘逸,随风摆动,为陆地和水域划出一道界线。

此时刚过立秋,古城湾湿地依然是一片翠绿。再过一段时间,入秋之后,芦苇将抽出金黄的穗,起初如苞,及至秋深,芦穗如芒绽放,洁白如絮。这些芦苇在风中摆动,逆光时有着极为温柔的质地。

这样的美景,是古城湾人工湿地里的一帧小照,因为一年四季,这里都有漂亮的景致。可是芦苇并不是只用来拍照的,它们承担着更加重要的职责。芦苇的根系发达,可以紧紧伸入泥沙之中,吸收并存储水中的重金属和其他有害物质。它们内部有发达的管道,可以把根系里吸收的水分送到身体的各个角落。那么,重金属最后去哪里了呢?

解说员说,最后,都留了在芦苇的身体里。

我对芦苇肃然起敬。

这边是黄菖蒲。我以为是菖蒲。但是解说员说不是。她还介绍了黄菖蒲和菖蒲的区别，一个叶片的边缘会有卷曲，叶片上像是波浪状，另一个叶片非常平滑光洁，它们的花序也有些不同。然后，我就忽略了这件事，好像这个事并不重要。黄菖蒲栽种得密密麻麻，在这片人工湿地里，它们规模浩大。此时显然花期已过，黄菖蒲已经结出了累累的果荚。黄菖蒲开黄花，盛花期时，在一片翠绿之上开出连绵的黄色花朵，花朵高高地擎起，像"幸福的黄手帕"。

此地的黄菖蒲，根系也很发达，与芦苇一样承担水质净化职责。它负责吸引水中的氮、磷等营养物质，将这些东西转化为其自身的能量，从而防止水体富营养化。同时也吸收重金属和有毒有害物质，为水质净化发挥作用。

这是一片潜流湿地。种在这里的每一种植物都肩负使命。

黄河之水天上来。黄河穿吴忠城而过，人谓之"水韵吴忠"。吴忠的黄河水从前比较黄。黄河在生态治理中尤为重要，在吴忠，有四条主要的入黄排水沟，分别是清水沟、南干沟、罗家河、苦水河。四水入黄。如果四水都是污水，黄河自然就不能清了。

位于吴忠的古城湾人工湿地，处在第一污水处理厂的入黄口末端。它就是为了解决污水处理厂所排放的尾水而实施的水质提升工程。污水厂处理完的水，流入这片浩荡的植物王国，对水质做深层洁净。这片人工湿地，就如同一片绿色的"滤网"，把入黄的水再"洗"一遍。

芦苇、菖蒲、黄菖蒲、香蒲、千屈菜、水葱等水生植物，都生长在这片潜流湿地。古城湾人工湿地占地二百四十亩，一百八十七亩的潜流湿地是核心。潜流，就是你看不见的水流。这片湿地里，填充了河卵石、砾石、火山岩等物料，上层则是种植一望无际的植物。

青纱帐里逞英豪。生态滞留塘，一道；潜流湿地，二道；表面流湿地，三道。

潜流湿地种什么植物，首要条件，是其对污水中有机物、氨氮、磷酸盐及重金属的消化功能——而不是开什么颜色的花，结什么形状的果。花和果，在我们行走湿地时，所见皆有。黄菖蒲的果实硕大而骄傲，千屈菜的紫色花穗团聚着众多的碎花，密密匝匝，花簇如旗，举在风中。就像薰衣草——用一种植物形容另一种植物，这显然是一个蹩脚的比喻；这里的千屈菜，比薰衣草更令人瞩目：除了花穗很长、姿态优雅，千屈菜能够吸附并在其体内积累一些重金属离子，如铅、镉、铜、锌等，由此让水体中的重金属浓度降低，也吸收水体中的氮、磷浓度。

此刻，我多么希望能遇到一位植物学家，或者说，应该是一位环境植物学家。我想翻一翻他们的工作笔记，看看他们做实验的一行行数据，以便我能更好地了解这些默默无闻的植物朋友——除了显而易见的特点，比如，它们都耐盐碱、耐寒，水葱遇大风容易倒伏，千屈菜叶子容易脱落，我更想知道，黄菖蒲怎么样昼夜不息地吞噬重金属，仿佛是一头吞金兽；芦苇如何转化它体内的金子，让自己在深秋和初冬的时候绽放那般温柔的白；千屈菜，典型的水生植物，别名水柳的植物，又是如何把花开出那样浪漫的紫色；而对于水葱，我只想问一个问题，它们是如何在完美达成净化水质任务的同时，如何做到让自己的内心如此中空而谦虚的。

自然的耳语

在一个荷池前，我们驻足。此时正午，阳光热烈。嘘——我忽然听到了一阵轻微细碎的声音——像是风吹过树林，林梢上叶子沙沙作响；又像是许多蝴蝶会集，在一片花朵之上扇动翅膀；或者，像是夏日清晨的浅浅的梦中，一阵微雨洒过窗外草叶。

这声音太轻了，太细了。

这是一片表面流人工湿地。如果说潜流，其实看不见水流的话，那么表面流，就是水在眼前，在池中。池水清澈见底，水面有藻类、浮萍，以及睡莲、龙须眼子菜，各自娴静，彼此自在。表面流，是这座古城湾人工湿地的最后一道工序。所谓人工湿地，就是利用人工的技术，模拟出自然的平衡，再利用自然的力量，消解人类对大自然的污染。

这个表面流人工湿地，看起来就像是自然形成的一个沼泽地。水面的藻类、浮萍，能通过光合作用释放氧气，提高水体中的溶解氧含量，促进微生物的活性；我们在沼泽旁观察了一会儿，发现藻类、浮萍和睡莲之下，真的有许多小鱼儿穿行其间。

莫非，那水面上细微的声音，是水中小鱼儿在说话？

这块二百多亩的人工湿地，它是会呼吸的生态系统。鱼儿在水中自由地游动，它们的身影随着阳光的照射变得模糊又清晰。它们自由又灵动，如果不集中注意力，你都发现不了它们。水面上一阵布噜布噜的声音，那么，是不是这些鱼儿在说话，或者在吹泡泡？古人形容鱼吃东西的声音，叫作"唼喋"，那么，一定是鱼儿唼喋，甚至也有可能是相濡以沫。这么美的地方，它们当然可以相濡以沫，繁衍生息。

或者，莫非是绿色丛林之中，鸟儿的声音？

仔细观察，湿地里果然偶尔有水鸟掠过，它们的翅膀划过水面，荡出小小的涟漪。在这绿色之中，白鹭、苍鹭、白琵鹭、普通鸬鹚等鸟类都栖息于此。因生态的改善，生物多样性大大丰富，过去一些没出现过的鸟类也飞来了。或许，真是鸟儿藏在绿色的阴影里打盹，或

野外的事情 | 095

许在梦中窃窃私语呢。

又或许，是花开的声音？

湿地的解说员告诉我们，每天大约有几万吨的清水流向这一片湿地。经过湿地的绿色植物们的劳作，呼吸吐纳之间，洗去六成以上的污染物。水质大幅提升后，再经过两个提升泵输送管道，输送到城市周边。这纯净后的水，一半淌入支流进入黄河，另一半则成为城市绿化用水，循环再利用。也正是这些水，浇灌出了无尽的花朵，大地花开，岂不是也发出纷纷繁繁的美妙乐音？

我闭上眼睛，感受这片沼泽地的声音。那声音微小，细密，噼剥噼剥，啪啪嗒嗒，叽叽啾啾，无尽无止，它们交织、重叠，编织出夏日的交响曲。

你听，你细听，每一种声音，都像是大自然的耳语。

草木生活

一

　　油茶花真是奇怪。农历十月,至十一月,天气是一日日冷下来,它油茶花却憋着一股子劲儿要开花了。这是满山萧瑟的时节。茅秆、狼衣蕨都枯黄,在霜冻和寒风里奄奄一息,什么花儿都找不见了,却有油茶花在枝头绽放。

　　油茶花不只是零零星星绽放,而是一片一片绽放——这样的冬天,走到油茶林里,居然枝头都是洁白的花瓣。山中寂静,而昆虫们开始忙碌,在油茶花上忙碌的有地蜂、大分舌蜂、中华蜜蜂、小花蜂、黄条细腰蜂、果蝇、肉蝇、麻蝇和蛱蝶。它们都是油茶花的客人。

　　仔细看吧,油茶花盛开的时候,枝头也还挂着油茶果。

　　"你看吧,奇不奇怪?"跟我一起上山的老林,背着一把柴刀,脚步轻快。油茶树就是这样,果花同株,怀胎抱子,一边开花一边结果。还有呢,头年十月开花,直到第二年十月间,这果实才能成熟。要整整历经一年四季,这油茶果,也就是我们山里人的性格——太实在了!

　　老林在油茶公园巡逻,一忽儿隐入高山密林中去了。而我,是个游客,慕名来看这新昌深山里的花果。没有呼朋唤友,没有众声喧哗,我只想在这山里静静地走一走。

漫山遍野的油茶林啊,一直延伸到云深处,只有悠远的鸟声从遥远的地方传来。山谷里,一个个村落亘古宁静。

关于油茶的记忆,20 世纪 80 年代的时候吧,我记得有一个远房的亲戚一心想要多生个娃,东躲西避,在我老家偷偷住了半个月。我那时并不懂得这些,只记得一个场景:冬日的阳光底下,晒了好久的油茶果堆在簸箕里,亲戚与母亲一起坐在门边耐心地一颗一颗剥茶籽。阳光是温暖和煦的,薄薄的一层,洒在乌黑的茶籽上。

油茶籽就是这样,在漫长的时光里,早就与家乡人们的日常生活融为一体。

油茶是从什么时候有的呢?我在乡下找人聊天,人们都会说,这里栽植油茶至少有两千年啦,现在也是油茶重要产区,有"中国油茶之乡"之称。那么,古籍文献里有没有与油茶相关的记载呢?有的,但不多——

《山海经》记:"员木,南方油实也。"

明朝王世懋《闽部疏》中说:"余始入建安,见山麓间多种茶,而稍高大。枝干槎枒,不类吴中产。问之,知为茶油,非蔡君谟贡品也。已历汀、延、邵,愈益弥被山谷,高者,可一二丈。大者可拱把。余以冬华,以春实。榨其实为油,可镫、可膏、可釜。闽人大都用之。然独汀之连城为第一,闽之人能别其品。"

《清稗类钞》中也有"茶油"条:"茶树,江苏、浙江、安徽、江西多有之,湖南亦有植者。其树栽种,宜于硗瘠少土多石之山,不下肥料,而自易畅茂。其根又能自入石缝,愈久愈固。树长数尺,十年结实。其实类棉花,实外有苞,冬季收摘堆积,干久,则其苞自裂(或俟干后敲开亦可)。中有小核甚多,可以榨油,即茶油也。其树结实能耐久，树愈老，结实愈多。亦有大年小年之分。惟叶麄，不能作茗饮。制为油，性既和平，味亦较之他种油（如豆油、菜子油、花生油之类）为独美，肴馔之煎炒者，可作调料。赣、湘二省皆有之。"

油茶，与茶树，是不同的。很多人看见茶树上结的实，以为可以榨油，其实不行。有的人看见油茶树，又问叶子可以制茗饮否，其实也不行。

油茶的文化历史，我没有专门去做过研究，查了些资料，也是语焉不详。我家乡境内，油茶既多，也是衢州范围内重要的风物特产。油茶是大自然对三衢大地的山民们的美意，一种普通极了的植物，却可以在果实中蕴含丰富的油脂。不知道是何人率先知晓这一秘密的。试想一下，从油茶果实中取得蕴藏其中的油液，实在是一个复杂的过程，丝毫不比酒的发明简单。人类的许多发现与创造，往往是大自然启发诱导的结果，酒也是如此。当一颗猕猴桃在枝头成熟，继尔跌落，在铺着厚厚落叶的小环境中发酵，悠悠飘散出甜美迷人的馨香。动物们无意中品尝过后心醉神驰，这奇妙的感受是如此美好，令人着迷。

酒的发明更多是造物之神的旨意，时间的力量参与其中，人们顺水推舟，于是有了酒。酒让人获得了一种飘飘忽忽的快乐，酒引领着人们去感受好奇与欲望。那么，茶油呢？茶油的滋润，使得人们的食物变得丰富、醇香，同时植物油比动物油更方便和稳定地取得。很多种子里都富含油脂，但是有谁能看见隐藏在山间默默无闻的油茶果呢？实在地说，这油茶树除了我们如今已知的产油之外，实在乏善可陈。油茶果在地上，也并不会自然发酵，也不会自然生产出油来，没有自主地启发人们去提取其中的油液。那么，一定是有人，有意识地去做了这一件事。油的提取，对果实的干燥、炒制、榨压、收集，这是科学的流程，是一套实践出来的方法，这真是令人感到惊讶。

二

如果说，酒有"酒神"庇佑的话，油茶有没有"油茶之神"庇佑或指示呢？

那满山的油茶树开花的时候，白色花瓣开在枝头。如果要列出"油茶大事记"，我想像中的"油茶之大事记"还应该包括但不限于：

1. 第一棵油茶树落地发芽的时间、天气、云彩的颜色。

2. 第一粒乌黑的油茶籽被晒干，人们从中榨取出油液来的时间、天气以及榨油者的姓名，也许他能评上"大国工匠"，而他使用的工具也许是木杵与石臼。

3. 第一勺山茶油在锅具中被熬得滚烫，散发出浓郁的芳香。

4. 南宋诗人陆游写下一首诗，《山茶一树自冬至清明后著花不已》："东园三日雨兼风，桃李飘零扫地空。惟有山茶偏耐久，绿丛又放数枝红。"我们猜测，这"山茶一树"可能是观花茶树，但也不妨大胆猜测，这是一株"著花不已"的油茶树。

5. 关于油茶开花的诗句，陆游还有这一首《山茶》："雪里开花到春晚，世间耐久孰如君。凭阑叹息无人会，三十年前宴海云。""凭阑叹息无人会"，山茶油的品质比橄榄油更佳，而尚未成为全世界热爱美食的人们之首选烹饪油；2016年9月，常山的山茶油入选G20杭州峰会（一次规模盛大的国际性会议）食材总仓供应油品。也许，来自世界各地的客人们留下了对于中国美食的美好印象，这里面多少有山茶油的贡献。

6. 在新昌乡，一位姓林的老者告诉我，在当地流传着一句话，"常山出油茶，产量在新昌"。新昌乡有油茶面积五万一千多亩，年产茶油八十万斤。这是在二〇二三年二月底的一天，天气晴和，我钻进山高林深的油茶公园，登山出了一身汗，至黄昏而返。

三

二禾君，此刻，我在山中。我在一座长满油茶树的山中。我想给你写信，告诉你关于这座山里的一切。这漫山遍野的油茶林啊，一直延伸到云深处，我一个人在山路上走着，只有悠远的鸟声从遥远的地方传来。这幽静的山野，我想跟你共享。我想跟你一起来爬一座山，一座长满油茶树的山。在山上，我们捡拾一枝茶树枝叶，那是山农为修剪茶树而砍落的，虬曲苍劲的枝条有着刚硬之力量，枝头的树叶疏朗有致，革质的叶面并不发亮，反而呈现出暗色，令人相信，这是一枝来自于宋画的茶枝。我们把它扛下山来，抵达草庐，然后插进一个陶罐里。一枝原本只为生产油茶果而又被剔落的残枝，此时显出了悠远又古老的美意。

四

一粒油茶的种子里包裹着一个乾坤。

所有四季蓄积的力量，隐藏在果壳内，这是生命的秘密。

难以相信，为什么种子会把清亮的油性液体藏在体内。这一重大缺陷将把它们置于危险的境地——人类从中榨取有用的油脂，而使种子在成为下一代树苗之前就失去了繁衍的机会。

但这是一个悖论：正是因为有着藏油的秘密，种子们遂成为"有用"的物种，从而得到了大规模种植扩张的机会。人类需要它，因此，它不再有灭顶之虞。

一个物种，以这样的策略达成了生命的图谋：以大规模的牺牲，99.9%的利他主义，换来极其稳定的物种生存机会。这是一种高境界的生命观，综观世上生物，在亿万年的进化过程中，很多都发展出一种极为高级的生存哲学。相比之下，人类需要学习的东西还有很多。

"那些不希望被吃掉的植物常常会生产出味道苦涩的生物碱。同样，那些希望被吃掉的植物——如苹果——常常在它种子周围的果肉里生产出过多的糖分。"

每一种植物，为了达成自己的生存策略，都在漫长的进化时光里演变出了自己独特的技能。否则，难以想象它们是如何历经九死一生，直到今天依然生存在这个世界上的。

一粒油茶果实，出油的方式也相当激昂壮烈。如果它直白一些，像花生或向日葵一样，甚至像水稻或小麦一样，可以把整个儿送进取食者的口中。但是它不。它偏把宝贝隐藏在身体，那微量的精华，须以极致的方式才能获取。榨！这是一种向美而生、向绝境腾飞的方式。榨！一滴，一滴，一滴，一滴，油汁冒出来，汇成一线，一汪，一捧。榨！直到不再榨得出任何一滴……

这简直是一个奇迹。油果晒至干燥，果壳爆裂，三四枚茶籽坚硬、沉默、粗陋，类似于小型的灰黑色石头，没有光鲜亮丽的外表，也没有摇曳动人的身姿。松鼠肯定对它不感兴趣，飞鸟也不喜欢它。但是，油果却为世间之人提供了无可替代的价值。

正如，花朵贡献花蜜，蜜蜂、蝴蝶遂与花朵各取所需，形成合谋。

世上之事莫不如此，最美好者，是彼此需要，相互提供价值。

所谓招蜂引蝶，不过是单面之辞，子非鱼，安知鱼之艰辛。没有谁可以嘲笑别人——花朵招蜂引蝶，是为蜂蝶提供花蜜（这甜美的事物，促成了世间美好的万分之一）；蜂蝶所来，也并非巧取豪夺，它们为花朵劳动，赚取这微不足道的酬劳（这是它们应得的）。

五

此时，请把目光放远，我们跟随采摘山茶果的山农一起进山吧。霜沉露重的十一月，大山还没有从沉睡中醒来。蓝色清冷的天光下，一座屋子里的黄色灯光亮了起来。白色炊烟袅袅升起。木门吱呀一声被推开。

草草地吃过早饭，带上一袋干粮、两个水壶，六十四岁的金大娘和六十八岁的刘大爷出发了。他们脚下穿着解放鞋，腰间绑着柴刀，身后背着竹筐，手上拿着绳索，一前一后，朝着大山深处走去。

这是清晨五点的浙西山区，天色还没有完全亮起。远处的群山依然笼罩在一片云蒸霞蔚当中。

不停地攀登。金大娘和刘大爷要花一个多小时才能登上那座青岚缭绕的高山。露水打湿了他们的裤腿。此时，朝阳的暖色正一点一点地洒向山坡。山鸟也开始啼唱。而一颗一颗圆圆的山茶果正挂在枝头，等待着一双粗糙的大手将它们摘取。我在大山里遇到两位老人，金大娘和刘大爷。他们告诉了我捡山的故事。

整整一个月中，他们每天四点多起床，五点多出发，上山捡茶籽。饿了就吃干粮，渴了就喝山涧水；爬上枝头，用手去摘取一颗又一颗蒴果。那些果实被扔在竹筐中，最后被装进编织袋。太阳落山时，六点多钟，他们又一前一后地挑着沉沉的果实，走在越来越昏暗的回家路上。

一个月，每天都是如此。

山茶果捡回家，先是翻晒一个多星期，然后手工剥去厚壳，取出果实籽粒。剥山茶籽也是很费劲的事情。一筐一筐的果实要被剥出来，那是一件需要莫大的耐心才能去完成的事情。就像漫长的生活一样需要极其巨大的耐心。

剥出的山茶果实可以用来榨油。那是非常好的一种油。遗憾的是，有很多城市人并不知晓这种油。它从开花到结果足足需要十五个月，如此漫长的生长周期，可以让它足够固执地缓慢生长。在一棵山茶树上，许多花正在开放，许多果已经成熟，这是山茶花与山茶果的奇妙约定。

高山野生的山茶树，有的已经五六十年树龄。在这样的大山里，它们与金大娘、刘大爷有着一样的山里人性格：沉默而缓慢。

十二月末，山里已经很寒冷。两位老人把晒干的山茶籽送进了木榨坊。古老的木榨油坊已经不多了。尽管是在山里，木榨坊仍然先后消失。山茶籽被碾磨，被炒熟，被筛选，被蒸热，被箍成圆饼，被摞成一叠送进木榨，被木桩塞紧，被撞头击打⋯⋯

那是一个复杂的过程。榨工的号子声听起来有一种击中人心的力量。油的香味开始在村庄的上空飘荡。清清亮亮的黄色液体，像雨天的檐水一样细细长长地淌下来。

沉默的蒴果，现在逸出它清亮的灵魂。有一滴油，落到了木桶外边，正在滑落。金大娘赶紧用手指去接。油在她干裂的皮肤上渗透下去。那是一双怎样的大手啊。

她一定要拉我到她家中去坐一坐。到了家，她就捧出一大捧自己晒的番薯干，跟我说，孩子，你吃啊，你吃啊。真的，番薯干很甜。真甜。

我跟金大娘说，我想跟你一起去捡山。

六

二禾君，我想和你一起去捡山。方言里的"捡山"，也就是去山里劳动，捡拾茶籽。他们说"捡"，是对一座山和无数山中事物的尊重。捡茶籽，茶籽是山给你的，捡柴火，柴火也是山给你的；或者捡一座山——山也是山自己给你的。

捡山的人，现在少了。

若在深秋时候上山，二禾君，你一路在山道上都能发现惊喜，野果成熟，野山楂果和乌胖子红红黑黑在枝头，光芒耀人；八月炸如果还有残留，一定是松鼠和猕猴刻意保留；还有野蔷薇的果实带着刺，鸟雀们不太愿意去碰它。大人会弄来泡酒喝，据说对筋骨伤痛有疗愈之效。还有黄栀子，跟随霜降的加深，一路从橘黄深到赭红。这玩意儿泡酒也是好的，晒干捣烂以后包裹伤口之上，也有某种疗愈之效。

山中事物，都是可以疗愈人的。

二禾君，捡山回来，我也想和你一起去老榨坊，去听一听那激动人心的榨工的号子声。

油茶果的高光时刻是在老榨坊，得以被众人见证。在苍老雄浑的号子声里，油茶果从物质层面的植物果实，上升到堪以滋润山民生活的精神液体——

"嘿嗬——咚！嘿嗬——咚！"

那"嘿嗬——"一声拉长的音调,像是从胸腔中迸发出来,然后悠悠荡上云霄。与此相应,榨工用浑身力量晃动起巨大的石块,这石块也似乎是要悠悠地荡上云霄。就在那云霄的高处,它开始回落,沿着一条抛物线,巨石速度越来越疾,终于,"咚!"的一声,巨石撞击在木撞针之上,撞针挤进木榨,木榨里的油饼越挤越紧,清亮的油液就从这油饼之间冒出来,一滴一滴,汇聚成线。

这号子声,已经日渐远去。还有谁会这些号子吗?村庄的故事延续数千年,在漫长的时光里,村庄也属于一代一代的山民。年富力强的男人们脱去上衣,裸露强壮有力的臂膀,寒冬腊月里,只要号子声响彻云霄,整个榨坊就开始热气腾腾,榨工黝黑的皮肤上也热气腾腾;于是,整座村庄也就热气腾腾,一个一个漫长又清贫的日子,也因为有了油,变得热气腾腾。

二禾君,此时你应该留意到,榨工们身上爆出来的汗珠,几乎跟油滴一样大。这汗珠从头上身上汇聚成溪流,然后落到尘烟地面,噼里啪啦,一颗颗摔成四瓣或者六瓣。

七

在油茶林掩映的山下村庄里,我遇到一位中年汉子。接下来,我要跟他一起坐下来,喝杯茶,听他讲一讲自己的故事。

翻过几座山,跨过几条溪,油茶林的那一边是他的村庄。慢慢地呷茶,闲谈之间,我们才知道这个从小在山里长大的汉子曾有着油茶果一样清苦的人生。他生于二十世纪七十年代初,那时候,山里人生活也都清苦,怎么说呢,直到上了初中,他才终于拥有一条属于自己的新裤子。

在那之前,哥哥们旧了小了,或是打着层层补丁的裤子,才轮到他穿。家里条件有限,父母亲都不容易——话说回来,那时候山里人家,谁不是那个样子呢。他也懂事,从来没为衣服裤子争过什么。那条上了初中才得到的新裤子,在他自然是爱护极了,每周穿去上学,周六放学回家,先把裤子洗了晒上,第二天又穿上这条裤子去学校。

初中毕业,他就没有再念书了。放牛,砍柴,山上地里,什么样农活都干过。十七岁时,他到山里的水泥厂上班。那时候,整个厂子欣欣向荣,热气腾腾。他哪里能知道,这个深山坞里的水泥厂,最风光时有几百号人上班的企业,几十年后会落寞破败如同冬日山林呢?

当然,他又哪里能知道,破败水泥厂留下的"后现代主义遗存",几十年后,会生长出新的故事呢?

人都是活着活着,才活出自己来的。

如同草木,刚冒出来芽尖尖的时候,一切都是未知的,一切都脆弱得很。一场雨打,一场日晒,说不定就死了。如果风雨摧不断,烈日晒不死,霜冻严寒也无法磨灭它的生机,那它就有了希望。

哪怕严寒冬日,山上草木尽枯,当春天来临,你再去看吧,山里的一切都拼了命似的一夜疯长出来。

他就是那山间的草木,是茅秆,也是那遍地都是的狼衣蕨。

在山里的水泥厂干了一年多,他觉得没有出头之日。于是不管不顾家里的反对,坚决要出去闯闯。闯哪里去呢?坐了两天一夜的绿皮火车,头昏脑涨,一路晃到了广州。然后又到深圳。从最便宜的小零工开始,什么活儿都做,为了糊口和生存,出卖自己年轻的力气。

他干装修小工,从打下手开始,到学做油漆,跟着小包工头从一个工地辗转另一个工地。城市里的温暖灯光、鲜亮生活,永远是别人的,他住简易石棉瓦搭的工棚,睡木板砖块搭的床,吃便宜又能填饱肚子的饭菜。所有的辛苦，都是过去之后才觉得辛苦。身处其中的人，只有日复一日的努力。即便工棚漏风，床铺阴冷，饭菜有时吃不饱，这都没有关系，对于他来说，出来了就是对的——窝在那个穷山沟里能有什么未来呢？

一点一滴的汗水，一丝一缕地积攒，他亲手建造自己的人生。二十岁结婚，这时候他已经是个小包工头了。那是二十世纪九十年代初的事情。他又从南方城市来到杭州，住在城市边缘区的一间工棚里，依然为着自己的生活打拼。"一辆自行车骑遍杭州城，一个煤油炉填饱肚皮。"这是他总结自己那时候的生活。他骑着一辆自行车，在那座城市的大街小巷穿梭，接一个又一个的装修活，拉扯着一帮小兄弟一起吃苦挣钱。

真正感到高兴的是，那一年他给商场装修一个品牌专柜，两个月做完，家装公司跟他一结算，挣了十万多元。

深秋时节，山里油茶枝头挂满一颗颗暗里透红的果实。他花了一万多元买了一辆摩托车，骑回山里来。那是九十年代末了。他不再为衣食发愁。"喇叭一响，村里人都知道陈总回来了。"对了，他叫陈重良——陈重良的摩托车"突突突"地在村道上驰过，吸引了很多村里人的目光。

这无疑是一片贫瘠的土地，但油茶不嫌弃。油茶在这样的黄土坡上生长得苍劲又顽强。新昌乡又是个革命老区，这里的人能拼、能扛、能吃苦，就像山里的油茶一样能蓄积力量。

后来他回到常山县城，租了一个店面，开起了自己的油漆店。

一个人能不能把事情干好，取决于他是不是真正用心，肯不肯动脑筋。几年前他在县城买屋，是买在便宜的地段还是贵的地段，妻子举棋不定。他拍板，"就要买最贵的小区"。后来才知道，他在最贵的小区买好屋，用最快的速度装修好，他家于是成为了样板房，整个小区的邻居们都来看他的装修,向他购买装修用的油漆。

"要跟人做生意,建立信任感是最重要的。彼此有了信任,做生意就很简单了。"

十来年间,他在常山县城拥有了四家店,分别是油漆店、瓷砖店、家具店、卫浴店,分别代理着几个领域里的知名品牌。在某建材市场里,他每年支付的店面租金就要一百多万元。

八

清晨,在由破败的水泥厂"遗迹"改造而成的申山乡宿精品民宿吃早餐,管家阿姨端出一碗当地特色的面条——"贡面"。在红通通、油汪汪、热腾腾的面汤里,漂浮着一把绿色的葱花。"香啊!真香!"

管家说:"这贡面是用我们当地的山油茶煮的,很多客人都喜欢,快趁热吃吧!"

申山乡宿,是怎么一回事呢?

说起这个事,还是得从陈重良回老家新昌乡达塘村当村干部说起。当年那个上初中后才有了属于自己裤子的少年,那个在异乡工棚为生活打拼的青年,那个在县城开了好几家店的老板,居然回村当起了干部。有人问他为什么愿意回村,他回答,就是想实现一点人生价值。

这个水泥厂,当年还红红火火,后来就破败不堪了。水泥早就不生产了,只加工石灰钙。石灰钙你可知道,漫天烟尘,污染极其严重,附近的植物上都看不到一抹绿色,一片白花花的颜色,大夏天也跟刚下过雪一样。

陈重良决心把这个厂子关掉。

第一次到厂里,他找了老板商量,看对方是否愿意停产。临了,对方悄悄拿出五千块塞给他,他没收。

第二年,他又上门商量,对方拿了一万元。他还是不收。

对方恨得咬牙:你到底想干啥,要跟我作对?

陈重良说:我真不是跟你作对,我只有一个愿望,希望把工厂关停,还村民一片干净的天地。

"没人能叫我停掉。"对方说话很难听,还放狠话,"你不要老劲,下次叫你村主任都选不上。"

陈重良说:"我只想把厂子停掉,至于当不当这个村主任,我没想过。"

对方说:"有本事,你把我厂子买去。"

就这样,陈重良果然一分价钱没还,就把破厂给买下来了。有人一问价钱,一百八十万!眼睛都要掉出来——陈重良是不是脑子进水了?

不过,谁能想到,当时那样一个破水泥厂,有一天会变成这样一个美好的样子?

陈重良自己也没想到。

买下厂子的钱,是他自己掏腰包出的。村里的规划、建筑设计、地质勘探,又花了六十多万,也是他自己掏腰包出的。

他又找到乡书记,希望能把县委书记请来,他要汇报一下想法。

"后来,县委书记真的来了。我就站在那棵梧桐树下,那里的草长得比我还高。我指着这一片说,这个水泥厂破坏了生态,我要修复生态,在这里做一座华东片区最高端的民宿。"

县委书记也被他的激情打动了,说:"陈重良,你好好按你的想法去做,小山村也会有大舞台。"

九

老油坊民宿的院子里,阳光洒了一地。

一辆越野车停稳,"油茶姐姐"从车上下来,浑身洋溢着青春的朝气。她刚从杭州赶回家。最近在大学里上一个研修班,每个周末都往杭州跑。除了上课,就是跟同学们热烈讨论创业项目,还要时不时跑出去对接一些客户,每次的日程都排得满满当当,把晚上睡觉的时间都挤了又挤。

"油茶姐姐"是王芳的新网名,她这段时间开始尝试做短视频,粉丝量一直在增长。十几年前,她大学毕业,在义乌从事国际贸易工作。前些年回乡,接手父亲的事业,把一个老油坊接了过来,又开了老油坊民宿,操心着山茶油相关产品的开发。我问她,在大城市安安心心做白领,稳稳当当赚钱,不是更好吗?怎么会回山里的老家来创业呢?

"毕竟是老家嘛。"她笑。

她的爷爷、父亲两辈人,都从事着木榨油技艺。大概在二十年前,老式的木榨被机器淘汰,附近村庄原先几座老油坊里的木榨、水碓,突然失去了价值,有的劈了当柴火烧,有的是廉价卖给外地人。

王芳父亲对老油坊有感情,依然心心念念想保存一座老油坊。可惜,老式木榨年久失修,水碓也都坏了,他想重修起来,于是干脆再造一座油坊,用于安置这些老物件。

看着父亲奔忙,王芳也觉得这事有意义。老油坊的故事,是非物质文化遗产,更重要的是,老油坊里留存着一座村庄和村民们的生活记忆。记得在家帮忙时,她看到很多村民挑着山茶籽来榨油,父亲帮大家榨油，每斤只挣几毛钱的加工费，而村民们看到榨出油来，脸上满是质朴满足的神情。这一幕一幕，让她觉得温暖。

后来她就想着，干脆回来帮父母一起做点事吧。

一滴山茶油，百匠请进家。其实做一个老木榨，并不是容易的事情。很多木匠都不会做木榨，那么粗大的木料也难找。当初父亲为了做木榨，到江西、安徽等几省边界山区去物色木头，花了几个月时间，都没有成功。那么大的木头，至少得用生长了二三百年的大木。最后，到进口木材市场买到了国外木材，才终于满足制作要求。

能做榨匠和碓匠的匠人也已不多了。他们又找到了七十多岁的段爷爷。看着老人家一点一点地削出木榨材料的角度，一刀一刀地调整和加工楔木，她觉得这真是一个匠心的活计。家里的老木榨要修缮，老匠人来了，经常一做就是半个月一个月。

榨油的劳动过程，最是激动人心。她看着年纪比自己大得多的伯伯、爷爷辈人，在油坊里干活，从筛籽、炒籽、磨粉、蒸粉、踩饼、上榨、插楔、撞榨到接油，十多道工序，一道一道做下来，过程令人感动。此外，榨油号子响起来的时候，老师傅们挥动起巨大的石块，石块一下下撞击在楔子上，茶油清清亮亮地淌下来，这又是一种极致的劳动之美。

刚榨出来的油，真叫香啊。为了更好地传播油茶的文化与知识，她特意注册了一个抖音号，用新型的渠道与方式，她尝试做榨油文化的推广。的确，这是第二次创业，是既经营民宿，也兼顾文创的事业。

说起记忆深刻的事，她说，有一次，她为丽水客人送五六百斤山茶油，那次时间比较急，她就自己开了一辆车送货去了。天黑，开错了路，车就在深山老林的路上绕啊绕。弯弯的山路，一直绕不到头，夜幕降临了，原本两三个小时能开到的地方，她足足开了六七个小时。

夜黑，林静，她是越开越觉得害怕……好在，终于看到山脚的灯火，瞬间觉得如此温暖安慰。

这段时间，油茶姐姐还准备研发一些茶油成分的化妆品，润唇膏等。她也想研究一份油茶美食菜谱出来。甚至，她还琢磨着，想把茶油等老家的农产品卖到全世界去。

油茶姐姐的故事，平淡又琐碎。我们在一院子的阳光里喝茶，闲谈，孩子们在周围嬉闹奔跑。这是一个生机勃勃的春日，古老的木榨和水碓依旧在那里沉默不语。油茶树在不远的山坡上悄悄结果。我在想，油茶真是和山里人家的日常生活分不开，细细碎碎地，滋养着每一个平凡的人生。

十

山里的太阳西沉要早一些。太阳一落，整个小山村进入一种蓝色调的氛围，宁静且清凉，小溪流淌，鸡鸭归宿。抬头，天边还有一抹晚霞。四面青山里的鸟叫则更清晰了。

村上酒舍民宿就座落于村中。泰安，常山县新昌乡一个地处十分偏远的小山村，有着500多年的历史。此村由对坞与安坑两个行政村合并而来，村名取自对坞与安坑两个自然村古名"泰川"和"安川"的第一个字。村中主要有对坞王姓居民和安坑余姓、石姓居民。王姓来源于宋代祖籍太原的王伟进士后代。余氏、石氏皆迁徙自邻县淳安。

在泰安村村口处的古廊桥边，竖着一盏流传了数百年的"天灯"，点灯之事一代接一代流传，从未间断。一盏天灯，每天在古老村庄的夜晚亮起，又在天亮之后熄灭。"天灯"的传说有各种版本，有的说点"天灯"是为了驱猛兽；有的说是照明，利于村民夜间走路。想来都有道理，一盏在古村里点亮数百年的灯火，足以成为人们心头牵挂的光芒。

这个古村，云生水起的地方，保留着太多古老的东西。除了那条宁静的溪涧、那盏古老的天灯，还有许多明清古民居散落在溪涧旁，鸡犬之声相闻；传统的黄泥夯土墙房子，与一树一树白梨花相映；流淌的溪水之上架着六十六座石桥和一座木制平梁古廊桥，桥头是苔痕上阶绿，溪边是古樟枝繁叶茂，那些古樟树的树龄动辄就是几百年、上千年。简直可以说，小村古风浩荡，保留了几百年来村民的生活图景。

这个村庄，在过去的悠长时光里更显宁静古朴。那时交通闭塞，村民耕读并重，风气淳朴，村庄里的生活也随日升月落一般安宁妥帖。

天色一点点暗下来，村上酒舍民宿主人黑孩把那盏古老的灯降下来，点亮后升到灯杆顶端。小小的火苗摇曳在空中。村上酒舍的灯光也在山村的夜晚亮起来。回到村庄已经好多年了，他和妻子糖糖一起，越来越喜欢这山里宁静缓慢的生活节奏。

黑孩很早就出去读书了，父母还在村子里生活。糖糖第一次跟着黑孩回到这个村庄，见到山中那座古老的榨油坊，也被震住了，她也没想到还能见到这么古朴的事物。因当地盛产茶油，榨油坊是当地十里八乡过去常见的。黑孩的父亲余金龙就是一名老榨油工，从十八岁开始操持这门技艺，干了一辈子榨油的活计。

黑孩自小看着榨油坊、闻着茶油香长大。2015年回到村里做电商，帮村民卖茶油的时候，听说村里的老油坊要拆走，心想这可是村里的非物质文化遗产，千万不能拆了，如果要推广山茶油，这个古法榨油坊不但不能拆，还要全面修缮古法榨油设备，恢复整套的古法榨油技艺，传承"非遗"文化。于是就把榨油坊买了下来，全面修缮改造，恢复了往日榨油的场景。谁能想到后来又会发生那么多事情呢？

黑孩大名余家富，毕业于中国美术学院，在内心懂得一座古老村庄的好处。其实在中国大地上，像泰安这样的村庄原本有很多，但随着时代的变迁，这数十年间已然消失无数。他内心隐隐想要留下这样的村庄。

他的想法自然得到了妻子糖糖的支持。两个人原本做电商开网店，小日子挺滋润的，跟老房子较上劲后，就停不下来了。在村里举行婚礼的第二天，看到村里的一栋二百多年的老房子要拆掉，他想，这么好的古建筑要是拆了太可惜，这个五百多年的古村，老房子才是灵魂。于是跟妻子糖糖商量，两人把刚收的几万元结婚彩礼钱拿了出来，又找同学朋友借了一点，买下了这栋老房子，然后花了整整一年时间把老房子改造成了一座民宿——为什么想要做民宿？还不是想让更多人懂得村庄的好处。这里的山，这里的水，这里的蓝天，这里的风；三百年的古樟，四百年的天灯，五百年的村庄，一万年的大山，哪一样不是好东西？

十一

陈重良的灵感，是从鲁迅先生刻在课桌上的"早"字得来的。

他一大早就到村里，看看哪位村民最早下地干活，哪位村民最早出门办事；他在路上见了谁都打招呼，"早上好"。

在那之后，不管什么时间、什么场合，他逢人就说"早上好"。

一开始，有的村民还很奇怪。时间长了，渐渐地，大伙明白了"早上好"的内涵，都笑着跟陈重良回应"早上好"。

再后来，村民们都知道了，"早上好"其实是一种精神——早的状态，就是争先；上的劲头，就是赶超；好的追求，就是事事好、人人好、村村好。

"早上好"不仅是一句口头禅，更是真为村庄带来了神奇的变化。譬如说，陈重良带人种下了桃树，到第二年的春天，桃花稀稀落落地才开了几朵，陈重良就开起了"桃花节"。

那么多人。从别的村、别的乡，从县城，从市区，还有从杭州上海远道而来的游客。一个毫无资源优势的村庄热热闹闹、红红火火的，变得令人羡慕。陈重良说："我希望你们每年都来看桃花，来见证它的成长。"

"一片荒山打造石林桃园，一片荒田打造种植产业，一个荒废水泥厂变身工业风民宿，一个放牛娃蝶变成乡村振兴导师。"

他成为远近闻名的"早上好书记"，达塘村成为远近闻名的"网红村"。

他经常在各种培训班上课，从村干部、乡干部，到县市干部，甚至省级机关干部，都来听他的课。他上课精彩，金句频出，讲的东西还接地气。"挣钱做生意也好，当干部也好，归根到底，都是做人。"

申山乡宿民宿，也成为了"网红打卡点"。当年站在那棵梧桐树下荒草丛中向县委书记"吹过的牛"也实现了。这座申山乡宿民宿之美，他自己从不多说，但是来住过的人都忍不住会交口称赞。许多人不辞遥远来这个民宿住一住，与陈重良聊聊天。仿佛这个村庄、这大山深处，真有什么魔力似的，每个来到这里的人，都能从中获得一些神奇的力量。

十二

村上酒舍有七间客房、两个茶室和一间阳光餐厅。客房的名字是黑孩起的，分别以酿酒的原料命名：谷、麦、黍、稷、荞、莲、曲。

这是一幢黑瓦白墙的徽派建筑，有一座高大的天井，改造成高端民宿之后依然洋溢着古风。天井四面布置茶室、书画室，桌上有古籍黄卷、笔墨纸砚。许多来到这里的客人，都会流连这个天井，尤其是在下雨天，听着雨水淅沥而下，天井内的花草植物葱茏青翠，兰花在悄然吐露芬芳。这些植物很多都是村民从山上移植而来，有的原本不过是极其常见的野花野草，但山野的事物一旦被重新注视，它所蕴含的美就被激发了出来。

黑孩和糖糖都有着艺术的天赋，他们为这座民宿注入了艺术的灵魂。

他们向老父亲学榨油，也学酿酒，恢复了老油坊手工榨油和古法酿酒工艺，推出了五粮烧、胡柚酒、青梅酒、莲子酒等十多个品种。他们设计了独特的包装，让每一瓶酒都有了文艺气息，吸引着城市里的消费者下单。他们又在村庄里拍照片、拍视频，运用新媒体的手段，把一座村庄里的美好生活方式传播出去，村上酒舍与泰安村的名气越来越大，许多人从上海、江苏不辞遥远开车前来泰安，就为了在这个村庄里住下来，住它两三个夜晚，看一看夜晚的天灯，听一听溪涧里的蛙鸣，尝一尝黑孩自酿的烧酒，走的时候再带走几包村民们山上挖的春笋或新晒的番薯干。

村上酒舍民宿开张后，人气高涨。榨油、酿酒的技艺，也让游客们兴致盎然。一年四季里的山村生活,更让游客们流连。在不少城市人看来,这样的生活是他们记忆中非常熟悉的场景,如今却都消失了,如果有机会重温和感受几天这样的生活方式,拍拍照,分享出去,内心就得到了慰藉和满足。下厨,有农村原汁原味的土灶;吃的食物,是山上地里的新鲜货;吹的风,淋的雨,都是清新山野的风和自然的雨水。春日里来桃花红,夏天山头瓜果熟,深秋十月桂香飘荡,十一月十二月油茶成熟美酒飘香。那种世外桃源一般的生活,大家都想去过一过。

几百年间,牛角挂书、耕读传家,是泰安村的传统;自强不息、艰苦奋斗,是流淌在村民血液里的基因。无数人努力读书,努力奋斗,就是为了离开村庄,离开这偏僻之地,去过城市里的生活。谁能想到,还有黑娃糖糖这样的小夫妻,在上过大学、过上美好的城市生活之后,还重新回到村庄里来生活呢?

乡村的珍贵之处,也要被重新打量了。是不是乡村有很多价值还隐藏在深处,未被人们发掘,未被外界看到?

十三

一滴油可以从果实中来。

一滴油也可以从汗水中来。

一滴油能从皱纹里来。

一滴油更可以从创新奋斗中来。

二禾君,开门见山地说——要更好地认识油茶,你应该到这个叫作新昌的山里来看一看。如果你来到这里的国家油茶公园,不管夏秋,还是冬春,都会被油茶林的景象打动。

有人说："每一朵花的绽放，都在演绎延续数亿年的生命传奇。"如果你看到油茶的花朵与果实，更会惊叹于这种植物生命力量的神奇。

二禾君，如果你来看油茶花，可以在秋冬时候来。油茶花的花期比较长，有四十天左右，从每年的十月底一直开到十二月初。

茶花开的时候，应该有故事发生。

每一朵看似娇弱的花，都隐藏着改变人类生活的伟大力量。每一朵花，每一粒果实，都是比人更古老的物种，它们深刻改变了人类社会的发展轨迹。

亿万年间所形成的物种默契，让今天的人得以领略美好。植物与动物，花朵与昆虫，都蕴藏永恒的生命哲学命题，那就是——你为世界创造了什么，提供了什么。

油茶奉献了油，花朵奉献了果实。生命并非一味索取。生命的价值，其根本之处，在于提供，而非获取。奉献是相互的，于是获得也是相互的。由此，彼此之间，相亲相爱，地老天荒。

而那些与油茶朝夕相伴的山里人，也无疑，从这种古老的植物身上获得源源不断的启发。

逐水记

一

需要一场大雨加持——只有一场酣畅的大雨，才能给那达慕带来足够的合法性。大雨从天而降，它是那么好的东西，雨水是贯穿天地人三者之间的信息传导机制，它穿梭在天地之间，来来回回，周而复始，除了天空大地这些地方，它哪里也不去。人与大地的联系，与天空的联系，必须通过一场雨来完成——大雨从高远的地方落下来，人在雨中仰起头，像野草一样被浇灌一场，于是大家欢聚一起，心情舒畅地坐下来，喝酒，吹牛，拥抱，做爱；大雨之中，人变得细腻而柔情，眼里心里装满了液体；大雨之中，草在原野上欣盛生长，大地一下子变得浓绿；野草野花君——这片大地不同于我的南方，我与野草野花还是彼此的陌生人，我们礼貌而克制，客气又生分，我只能含糊地称呼她们为野花野草君——忽然之间都开了；于是牛羊和马也一下子高兴起来。

这样的时候，一个那达慕大会，真是恰到好处。除此之外，再没有什么更好的方式能让草原上的快乐呈现出来，就像爱到深处的人，除了拥抱接吻，还有什么可以把爱表达得如此酣畅淋漓。

穿过一场大雨去草原,去赴鄂托克旗的那达慕大会。就像我穿过想象抵达脑海中的草原——我们太多人跟大地和野草的关系,就像叶公与龙、年轻人与流浪、爱情与白头的关系一样,有着很深的误会。人离开大地太久,人可以凭借想象虚构一座草原,或者虚构一片草,在真正的草面前,忽然发现自己的想象过于轻浮,也因为概念化而显得僵硬:其实我们并不真正懂得任何一片草。

二禾君,我从南方来。我刚从一片稻田里拔腿上岸。该怎样向你描述我的南方?那是一个潮湿的国度,一年当中有好两个月就像是浸泡在水里,连日子也能发霉,家里的墙壁一天到晚湿漉漉地挂着水珠,继而连成线,淌下来,晾在屋外的衣服好几天也不会干;随手丢在墙角的砖石,倒因此生机勃勃,日子一天一天过去,上面长满了青苔。

一块长满了青苔的石头是相当好看的。有一次,我窝在家里读张恨水的《山窗小品》。其中有一篇《苔前偶忆》,说的是他儿时居于洪都,在黄梅时节,书斋外面小院里的粉墙与石阶就长满了青苔,三五只蜗牛爬于墙上,甚有意趣。他于是被吸引,日课的《资治通鉴》也读不进去,取了《随园诗话》来读。诗话里有咏苔的诗句,"连朝细雨刚三月,小院无人又一年",摇头晃脑,吟哦再三。恰在此时,其父进屋,看见张恨水案上燃着檀香,手里捧着清茶,直叹气说:"没出息。"光阴荏苒,忽忽一瞬,三十多年过去,又在雨中见到青苔,张恨水忆起儿时之事,仿佛就在眼前:"余固深负父之期望,真个没出息也。"

张恨水的文章读过一些,这一篇,却真是令我吟哦再三。尤其人近中年,愈能意会文句中的况味。苔痕上阶绿,草色入帘青,这都是水养出来的。荷花、莼菜、茭白、鹭鸟,也是水养出来的。闲梦江南梅熟日,夜船吹笛雨潇潇;朝飞暮卷,云霞翠轩,雨丝风片,烟波画船,牡丹亭里的依依情事——哪里离得了雨水?

我穿过雨水去到田间。身着蓑衣,头戴斗笠,就像一个古代的侠客。我从城市回到乡间，脱下皮鞋棉袜，就这样走到荒芜已久的田野间去，温润滑腻的烂泥在脚掌底下游走，从脚趾缝间穿过，然后包裹了我的双脚和小腿。这些泥土几乎识得每一双腿脚——在我小时候我就这样在田间里走，春夜里打着火把在田间捉泥鳅，夏天坐在田埂上钓青蛙，秋天又赤脚在收割后的田野上奔跑，泥巴上早已盖满我的脚印与指纹（同样盖满我的父亲、爷爷、太爷的脚印与指纹）。现在它们轻易就认出我来，这一双久别重逢的脚掌。我弯下腰身，学着父亲的样子，以双手搂过一片稻秧。脚下秧苗青青，抬头烟色空蒙，在一整个季节的时间里，我就这样被雨水包围，四面的野草以及水稻，着了急一样往上生长，很快淹没我的脚踝，蹿到我膝盖那么高。

此刻，草原上的野花生长上来，淹没了我的膝盖。鄂托克用一场雨迎接了我们，好像来到鄂托克，接受一场雨水的洗礼是一个必要的程序，只有雨水才是把我们摆渡到鄂托克的船只。然后我们才真正有机会面见花朵。

二

然而，二禾君，在到达这片草原之前，我没有想到居然会先遇到一片沙子。一片跟草原一样辽阔的沙子。一片辽阔的沙子，汇入另一片辽阔的沙子，依然等于一片沙子，而不是两片。这跟一群羊汇入另一群羊结果依然是一群羊一样。二禾君，你不知道，那一片沙子带给我的是什么感受。

我去过甘肃西部的民勤，在许多年里，去了一次又一次。第一次去民勤的时候，我被那里的景象震撼了——腾格里沙漠与巴丹吉林沙漠，合围那一片小小的绿洲。一个县域里有百分之九十五的面积是沙漠，而人就生活在那百分之五里，并且，还在变得越来越小。我在县城那天，大风卷起街面上的沙土与塑料袋漫天飞舞，人们裹着头巾侧身走路，鼻子里全都是呛人的沙土气息，到了晚上，我居然可以从头发丝里揉出许多沙子来——洗澡也不方便，在宾馆的洗手间，你即便把水龙头拧到最大，水也只能淅沥沥地流成一条细线。这还算好的。如果在沙漠的边缘地带，只要一刮风，沙子就会像水一样流动。刮了一夜的风，第二天有的人家就打不开自家的门了，他们家的大门一半已经被风沙掩埋。所以你去看吧，很多民勤人的上午，都要先在自家门口铲沙，才能把大门打开。

　　后来我们就去那里种树，每年春天都去种树，和许多人一起，在荒漠里种一个叫梭梭的植物。种了几百亩，然后又几百亩，后来是几千亩，又几千亩。那不是一个人在种树，是一群人，一群杭州人和另一群杭州人，一大群杭州人。几年之间，我们种下的梭梭树已经成林，手牵手肩并肩地站在沙漠的边缘，它们已经长得比我人还高了。

　　所以我在抵达一片内蒙古的草原之前，那一片的沙子让我愣住了。一大片沙子，不，沙漠，辽阔得就跟我在甘肃西部见到的腾格里沙漠和巴丹吉林沙漠一样。原先，我以为只是去看草原，连绵的，盛大的，我想象过无数遍了的草原，天苍苍，野茫茫，风吹草低见牛羊的草原。

　　是我大意了。二禾君，我没有细想，如果细想，我也应该知道，内蒙古当然是有着广袤的沙漠的：它有巴丹吉林沙漠，在内蒙古的西部4.7万平方公里的大地上，还有1万多平方公里的地域至今没有人类的足迹。内蒙古还有很多漫漫黄沙的地域，比如什么，库布其沙漠，乌兰布和沙漠，毛乌素沙地，科尔沁沙地，浑善达克沙地，它们让人知道，荒漠化的脚步是如此的势不可阻。因此，当我们在抵达想象中的草原之前，大巴车在一片沙漠里停下来时，我很惊讶，我并没有想过在这里会遇见一片沙子。从前我在敦煌的月牙泉,在宁夏的沙坡头,在很多别的地方欣赏过沙漠的美景,我们在沙漠里奔跑呼啸,我们用相机拍出沙漠柔美的光线层次、沙丘线条、驼队,这些构图与影调俱佳的照片令人沉醉——但自从去过甘肃民勤、十几次穿过漫漫的腾格里沙漠边缘之后,我对沙漠已不再有太多的欣喜。

沙漠。草原。我知道,有时候它们并没有太大的差别。它们都是远方的远,以及深处的深。大地苍凉,有草的时候,它是草原。没草的时候,它就是沙漠。有水的时候,它是草原。没水的时候,它就是沙漠。今天它是草原,明天它就是沙漠。

三

二禾君,此刻我无比想念一片草,想念一群羊。

草逐水而居,羊逐草而居,牧羊人逐羊而居,大地上的事物,都在彼此追逐。

四

在一场大雨过后,那达慕如期举行,在一片阔大的草原上,无数的人,无数的马,无数的车(摩托车,拖拉机,十六个轮子的大汽车,以及两个轮子的自行车)——更多的人是骑着马过来的,在雨中,骑马的人没有雨具,雨丝已经把他身上的衣服打湿,他们都很高兴,在草原上蹦蹦跳跳。

宝日其劳训练了一年的赛马,他渴望在那达慕大会上获得好的名次。赛马有各种各样的赛法,比速度,如五百米赛跑;或比耐力,如十公里的赛跑。每一场的比赛,对人和马都是一次巨大的考验。我看见一个年轻的小骑手,估计只有七八岁,他骄傲地骑在马背上。马一圈一圈地奔跑,那个年轻的小骑手伏在马背上,随着马身起伏而起伏,风吹起马的鬃毛,小骑手隐身其中,就好像匍匐在深深的草丛当中。

在所有的骑手当中,我不知道宝日其劳到底是哪一个。我甚至以为他们每个人都可能叫作宝日其劳——那些同样矫健的年轻人飞身上马,又俯身穿过马肚子,或者站在马背上张开双手,模拟一场风中的飞行。不管怎样,他们的每一个动作都令人想要尖叫,又不敢叫出声来,生怕惊恐了他或者是马,我不知道,他们是不是早已经与马知行合一,人马一体。

宝日其劳的马也在许多的马当中,骑手宝日其劳也在许多的骑手当中。他们中的很多人都提前一天就到了这片草地,他们在草地上搭起蒙古包,在蒙古包里生起炊烟,煮起奶茶,喝起酒,唱起歌。天空就在歌声里黑了,天空又在歌声里亮起来。有一位牧民嘴里衔着一根草,斜躺在草丛中,他说他可以从清晨一直躺到晚上,又从晚上躺到清晨——只要有酒,有歌声。

说到歌声,我最喜欢的一首蒙古语歌曲叫《白云》。我会哼出曲调,我实在听过很多次了,但是歌词我记不清(也听不懂),曾好几次,我听一位内蒙古朋友唱过,我试图用汉字把歌词记下来,但没有成功,那些歌词就像天上的云彩一样飘忽和优美,我想去抓取,但是抓不住。它们是语言里的漏网之鱼。关于蒙古语歌曲,我也喜欢杭盖,他们的很多歌我都耳熟能详,但是我没办法唱出来,语言成为横亘在舌头之前的障碍。

就是这样的,喜欢的事物往往抓不住。

在草原上,抓不住的事物比较多。风吹草低见牛羊,我能看到羊,但是羊群总在天边,我走得越来越近,羊却依然遥远。本来人心中装满无来由的自信,没想到来到一大片草面前,自己先就矮了下来。我捉襟见肘。然后,我们可以相继发现,酒量不够用了,歌喉不够用了,坦诚也不够用了——恨不得脱了衣服赤诚相对,恨不得仰起脖子声嘶力竭,或者拎起酒瓶子就朝嘴里灌。

然后发现,在草原上,一直自诩的辽阔也不够用了,胸中收藏的山水草木,到了这里就不过成了后花园的假山与盆景;5.0 的眼神也不够用了,除非把鼻梁上的眼镜换成四百倍率的望远镜,这样才能观察到天空翱翔的苍鹰翅膀上的纹路,以及马蹄声消失处,那密密草甸中的一朵野花的花瓣。

我开始轻哼那首《白云》。白云飘到的地方就会下一场雨,雨中会站着一位姑娘。

宝日其劳,那个我在那达慕上刚刚结识的青年牧民,他戴着西部牛仔的帽子,穿着蒙古族的衣服打马远去。一群马在草原上奔腾而去。紧随其后,一场雨落下来。

五

雨在身后停止的时候,一汪水就出现在我们面前。

先是一大片很高的芦苇,然后是湿漉漉的草甸,然后是一个湖。

不记得湖的名字了。我查了地图。在鄂托克旗郊外有两个湖,一个是小哈玛日格太淖尔,另一个是哈玛日格太淖尔。更大的在北面,叫查汗淖尔。淖尔,就是湖。

当淖尔出现,大家齐声欢呼。就好像我们来看那达慕,最终是为了来看这个淖尔。在缺水的北方,一个淖尔值得用十首诗来赞美,即便让十个诗人一起来赞美,也并不过分。

当淖尔出现,有两个人,马上剥下自己的衣服,纵身跳了下去。

现在人与大地的联系越来越少——在世界面前,我们早已习惯了掩饰。我们的饥渴,我们的天真,我们的欲望,我们的恐惧与脆弱,一切都埋藏得很深,成为不轻易示人的隐秘之物。

在一汪水面前,首先是庞培,边走路边脱衣服,然后迅捷地跃入水中。紧接着是鲍尔吉·原野跳了下去。这时候有人试图拦截。水面上有船,两三位接待游客的人没有想到居然有人像鱼一样从这个码头跳下去。太意外了。这在之前恐怕是绝无仅有的。这样一片开放的水域,四周是荒漠,黄土崖子高耸,绿水幽深,并非游泳场所,没有人会跳下去——除了诗人。诗人总是叫人猝不及防。诗人善于以语言的方式实施快速精确打击,一击而中,等人回味过来,语言又已经消散。诗人对于外部世界是敏感的,他常常会打开身体上所有的接受器官:眼鼻口耳,嘴唇舌头,四肢以及身上每一个毛孔。

他们跃入水中的姿势与角度,像极了两条泥鳅,或是两行迅捷的词语。庞培从前一直生活在河边,那是一条大河,从小他就在水中玩耍打闹。泡在水中的日子,水分子像空气一样包裹着他,让他感到自在。这也解释了为什么他的诗句里老是出现水。水已经渗入这个人的肌体,就像雨水渗入到大地中。

原野则用另一种方式交代了他与水的关系。他是著名的长跑爱好者,时常在微博和朋友圈里挂出自己跑步的照片和里程数,有时是5公里,有时15公里,有时20公里。照片上他常常身上布满汗水,油光发亮。这是一种更大程度的袒露,高强度的运动中身体与周遭的世界发生着更为频繁的交换——呼吸吐纳，新陈代谢；身体里的液体以汗珠的形式排出，落入脚下大地，热量在空气里蒸腾，上升；空气中的氧分子进入机体，化入血液，随着细胞运输到每一个需要的角落。

跃入水中的一刻，两个人用颇具仪式感的姿势，向世界交出自己的身体。

那一刻，他们俩居然感动到我了。我也想跟他们一样：跳下去。

六

然后，我也跳了下去。

这是北京朝阳区北四环东路108号，一个名为"锐"的位于小区里的健身房。我打开手机地图，在上面输入"游泳"二字，视野里跳出来好几个结果，我骑了一个自行车，沿着地图指引的路线，四处去打问。附近有几座大学的游泳馆，我找去询问，管理员抬起头来说："我们不对外开放。"一汪水就在面前，隔着玻璃我能看得见，但是不对外开放。在找到第三个游泳馆时，那里的健身教练，穿了一身紧身黑衣的小伙带我去看了泳池，"水深1.8米到2.2米。"他指给我看，然后问我，"你游得怎么样？"

我跳了下去，一汪碧绿的水包裹了我。

如果时光往前移，八年前我还不会游泳。小时候家乡的一条小溪带走过年幼的生命，于是我们被严令禁止前往小溪。水是可怕的，水中的东西也是神秘的。山洪暴发的时候，那条溪流发狂一般冲毁了木桥、堤岸、房屋、田野。平缓的时候，它又温柔得过分。可是即便如此，村庄里依然流传着一些关于水中之物的故事——

水鬼穿着红肚兜模仿幼童,坐在溪畔的石头上歇凉;

水鬼只要一沾水,就力大无穷,无论怎么强壮的人都能被它拉下水;

水鬼会想尽办法把人骗下水……

在南方,四里八乡,每年夏天都会传来有孩子溺亡的消息,令人痛彻心扉。在朴素的乡人眼里,这一切苦痛无以释怀,只能用一些神秘或灵异的东西来排解恐惧与疑惑。

但水天生又是吸引人的。水是一切生命的起源,谁缺得了水呢。杨柳、牛羊、鱼虾、螃蟹、水稻、麦子、青苔、板栗、鸭跖草、阿拉伯婆婆纳、野山楂、桃李梨。河道常常会改变,堤岸也常常随之改变。我们每天上学必走的那条小路,就要穿过田野、竹林、油菜花,还要经过一条由十几块木板相连的桥。那座摇摇晃晃的桥,几乎代表了我们心中对于村庄的所有诗意想象。鸡声茅店月,人迹板桥霜。铺满白霜的板桥之下流水潺潺,在初冬的大地上冒着一团一团的雾气。

我来来回回游泳,心中默念"1、2、3……"数字。这条泳道25米,来回一趟是50米,20个来回是1000米,我用时正好30分钟。在水中游动的半个小时,其实是大脑相当活跃的时间段,许多有趣的想法,以及过往的旧事,都是在这个时间段里来到我的脑海。

三十岁那年我背井离乡,迁徙到一座大城市,并且在那里栖下脚步。那一年我决定做一件什么事来改变我的整个生活状态与生命状态。于是我在一个游泳馆里学会了游泳。这几乎是那一年——甚至是之后的许多年里——最值得我骄傲的事情了。由此我认定,学会一样新的技能,真的可以开拓出生命的一片新天地。

我把头埋到水里,又抬起来;我趴在岸上,跟五六岁的孩子一起学蹬腿——我就在这种狼狈又难堪的境地里，终于学会了游泳。从此之后，我热爱上了这项运动，每隔几天就会跳进水中畅游一番。我与水之间终于形成了一种相对自在的关系。

但我与水的关系依然有其局限性。这也决定了为什么在内蒙古高原某个淖尔面前，我不能像原野和庞培那样跃入水中——因为我需要泳镜。只有戴上泳镜之后，我才能在泳池里扑腾得欢畅。

七

"凡开阔之地的民族，语言必像音乐。但歌词并无词句，只是哦哦的起伏着旋律，似乎不承认草原比歌声更远。"这是作家阿城在《洗澡》里的一句话。二禾君，我在饭桌上听到蒙古人唱起长调，听着听着，座中人纷纷落下泪来。

八

成吉思汗的大军到达这片荒漠的时候，天色渐渐暗沉。人马俱疲，猎狗焦渴，再也走不动路，只好于此安营扎寨。然而放眼四望，到处都是漫漫黄沙，哪里有河，哪里有水？

就连派出向东南西北四面觅水的人，也陆续回来呈报，没有见到一条河。

怎么办？

月亮已经升上天空，乌云遮月，猎狗纷纷仰头长吠。成吉思汗焦心如焚，下令把兵器巨匠尧勒达日玛找来，命他以最快的速度找到水源。

这是一个什么地方，也许亿万年前，脚下曾是一条河？也许在厚厚的沙砾当中，隐藏着遥远的大海的踪迹？

否则，即便神勇如尧勒达日玛，也是无法预料到脚下数十米之深处，埋藏着一股股清泉。

当我们在鄂托克旗境内一片大平梁上，看见这数百眼星罗棋布的水井之时，不禁疑惑丛生。谁都无以想象，就在这漫漫黄沙梁上，居然神秘地出现那么多的水井。一口口水井向天空敞开，如同一只只明亮的眼睛，那眼里漾动着水的波纹，波纹里有云彩不停飘过，有日月不断更替。

在我的南方的家乡，时有干旱之虞，土地边上都建有龙王庙，每逢干旱之时，村庄里德高望重之人便带头仰天长拜，向龙王祈雨。当向上天祈不到雨时，人们怎么办？只好向地下寻觅。然而这是在北方，是鄂托克大平梁的一片黄沙大地，在苍凉的大地被掘开之前，又有谁可以预先知晓，那厚厚砂岩之下会有水源？

于是，百眼井终于成了一个千古之谜。

百眼井，一百口水井，蒙语称"敖楞瑙亥音其日嘎"，意思是"众狗之井"。没有人知道为什么这里叫作众狗之井，也没有人说得清这些深达百米、至少十来米的井是如何开凿出来的。那水井是大地的目光，它如此温润慈祥，滋养着四野的生灵，野草与昆虫，花朵和蝴蝶，马与羊，人与狗。

有人趴在井沿上，透过架叠其上的巨石向井中探望，并且呼喊："喂——"井中传来"喂——"的回音，其声瓮然。

成吉思汗的铁骑，几乎踏遍中亚、西亚和欧洲大陆，所到之处，

野外的事情

各国军队闻之色变,无以匹敌。他是逐水而去的吗?这个骁勇善战、坚毅勇敢的君主,想做世界的统治者,建立了人类有史以来最大的帝国,他是不是想要寻找到一片永不干涸的海?

我不知道他心中的"水"到底是什么。如果真的在他心中有一片海,那么,那片海一定要比欧亚大陆还要辽阔,唯有如此,才可以满足他对于生存安全的想象。

九

"只要还有一个蒙古人,马头琴的琴声就不会消失。"

我第一次听到马头琴是在呼伦湖边。落日,夕阳,草原的绿色层层叠叠,白色的羊群像棉花一样散落在绿毯上。那是二〇〇八年,一个特殊的年份,七八月间,我坐在夕阳下,听到一个人拉着马头琴,听着听着,我忍不住泪湿眼睛。

原先我不知道,身形彪悍、性格勇猛的蒙古人也会那么容易落泪。很多年以来,我一直以为落泪是一件羞耻的事情。为此我们总是强行抑止这种液体从眼眶里滑落。我一直以为心似铁、人似钢,才像一个真正的男子汉。但是彪悍勇猛的蒙古族汉子,居然也会在歌声里,那样痛快地落泪。就好比前不久,一群人在饭桌上,在忧伤的长调的歌声里,闻者悄然落泪。二禾君,是不是,在草原面前,或者当一个人的心里有着草原辽阔的背景,就相当于获得了流泪的特权?

天地之间,草场阔大,走上半天一天也遇不上一个人。有时好不容易见着了一个,坐到一起说话,喝酒,拥抱,起身离开后,不知道下一次什么时候可以遇见。我甚至以为,这就是现代人的一个寓言。

人不要以为，只在辽阔的草原上才有这样的故事。其实在人潮汹涌的都市街头，人何尝不是如此孤独？你穿越来来往往的人潮，一张一张扑面而来的面孔其实与你没有任何关系。你真的可以遇到一个人，可以拉着他坐到一起说话吗？然后一起喝酒、拥抱吗？如果你真的遇到这样的一个人，你会觉得幸运，然后紧接着就是巨大的忧伤，你不知道对方起身离去后，下一次会在什么时候，又会在哪里相见。

这样一想，二禾君，你就会不知不觉地落泪了。

我终于弄明白那首《白云》唱的是什么了——

　　天上的云，
　　云中雨会落地，
　　爱人的心有思念，
　　总有纠结总有归。

二禾君，我终于知道《白云》的歌词了。最好的歌声无法翻译，就像鸟鸣、花香一样无法被转译，你必须亲自去听，去嗅，获得第一手的感受，这样才能最大限度地减少转手过程中的损耗。

最好的歌声，就应该在野草野花中间唱出来，也应该在大地天空之间聆听。除此以外，人就穿上了厚厚的铠甲，把自己隐藏在深处。面无表情的人，阻隔了自己与外部世界的交流，也掐断了泪液分泌与奔涌的通道。

所有的相聚终有分离，仿佛白云聚散，云中雨会落地，而爱人会在哪里相见。草原上的马头琴流离迁徙，从一个草场到另一个草场，从草原到小镇，从小镇到城市。

二禾君，我听说过一个故事，一位拉马头琴的乐手因为生存问题，不得不离开他的草原，转向城市讨生活。他一路向南，到了北京，又到了上海。在某一些流离的夜晚，在某一些特定的餐馆，他拉起他的马头琴，唱起自己草原上的歌。

有一天晚上，他坐下来，准备拉动琴弦。但是他发现，马头琴失语了。

他拉了一下手中的琴弓，吱嘎，只有一声嘶鸣，然后戛然而止。南方的雨季，空气太潮湿，他的松香也用完了。琴弦湿滑，无法与弓子上的马尾完美和鸣。

十

羊群在圈子里，一个孩子在那儿奔跑。我学着用蒙古话说：
"你是谁，你在干什么？"
"你是谁，你在干什么？"
那个只有三四岁的孩子，心无旁骛地玩着手中石块泥巴，玩着，跑着。一会儿停下来，嘴里喃喃说：
"山羊。绵羊。羊妈妈。雨水。跑跑跑。"
一个人呱呱落地，脐血落在大地上。慢慢长大，然后四处游荡，骑马，或者骑驴。大好河山可骑驴。骑着山冈，或者骑着风。风从胯下过，凉飕飕的，我们小时候穿过开裆裤。我看到草原上的这个男娃子，依然也穿开裆裤。他撅起自己的小家伙，对着草丛滋了一泡尿。

十一

  二禾君,我不知道我是从什么时候改变的。也许是因为我跟草在一起久了。

  我常常想起父亲。父亲在稻田里,弯着腰,把斑白的头发低到比稻穗还要低的程度,以便自己隐没其中。我常以为,父亲就是这样把自己的一生,修炼成一株稻子的。

  许多年间,他在稻田里挖了一口井。然后把一只水泵扔进去,水管里哗哗地涌出水来。他这一辈子干的事,就是在土地上挖出一口井。在看似枯燥的、乏味的日常生活里,他挖出了一口不同寻常的井来。

  二禾君,我常想,除了远方的河流,我们脚下是不是也有一条河。

  水是流动的,我想,我们都是大地上的雨滴。我们的一生,都在寻觅一条河。

寒露信札

一

二禾君,九点十分,我去吃一碗牛肉面。

穿过文学馆路,穿过这个日渐浓重的北京秋天。于我来说,这是一段逃离了日常生活的日子,比如说孩子、家务和没有尽头的工作。这日子很简单,一天坐而论道,一天散漫生活。所谓生活,也不过是读书与写作,话剧或历史,离烟火生活其实是有一点远的。于是,就更见奢侈了。

一碗面却是烟火的——这家牛肉面馆子,据西北来的同学向阳兄说,很是正宗。这不用他说,我对牛肉面有研究——我每次经过兰州,都会起个早(一反常态地),吃一碗牛肉面。

细的,毛细,二细,三细,二柱子,韭菜叶,宽的,大宽。二禾君,我是从这一排字里,看出牛肉面的用心。不同粗细的面条,讲究到这样的地步,这就有一点,简直是——像南方了。南方人做点心,分量极微,真正是"点"一下心而已。日本人做点心,也是这样,包装设计都很美,食物本身却少,就像装裱画作的行家,给一个小小扇面装上大画框，留白辽阔，苍凉无边，这是好眼光。

　　面的粗细，直接关系口感，而口感，人各不同，各有所爱。很多事情，最怕讲究，一讲究起来，讲究到极致，那便成了"道"。只有到这个层次，才可以领受事物幽微的一面，玄奥的一面，复杂的一面，至简的一面，相互转化的一面；才可以懂得一样事物，其实在乎一心也。

　　面馆的墙上写着几个字，"小心高手，请看好随身物品"。什么是高手，什么是低手？高手真高，写这行警示语的人也高。另一块牌子，"禁止吸烟"。一个提请，一个禁止，这算摆平了，顾客不吃亏，也不会有多大意见。

　　侧面墙上贴着许多照片。等面的时候，我无聊数了两遍，确认是十七张照片。北京市从业人员健康证明，黑白照片，小小的，贴在墙上。乍一眼我以为是通缉犯什么的，又不像。通缉犯的照片一般印得极大，醒目却粗糙，使人远远可以看见一个人，一张脸，然后记住。

　　墙上其他的东西，与一般面馆无异，无非是一些俗语，一些典故，几句俚语，比如"面条像裤带"之类，或"源自大清康熙年间"，或是乾隆爷微服私访，饥肠辘辘时吃到一碗面，诸如此类，这已经是惯例了。有点儿像小老板们，都愿意在自己的办公桌后面，请人用硕大的字体写上"厚德载物"几个字。是流行，也是标配。

　　二禾君，我吃完面出得门来，在风里，拂去额头细汗。

　　这是一个美妙的早晨。吃饱饭的人民，在上苍厚爱下感到心满意足。路边有一小摊，摊上有几样水果，绿的红的，都很好看。走出远了，我才想起，刚才看见有一样是柿子。

　　那么大的柿子，上下两截儿，四四方方，这在南方没有。南方这个时节，柿子是挂在树梢的，圆溜溜，红通通，树叶大多凋落了，柿子越来越红。田野里也是一片金黄。麻雀叽叽喳喳。天渐渐地凉了。

二

香山脚下也有人卖柿子,也四四方方,摊主说那叫"盖柿"。我想起"盖世无双"几个字。

二禾君,柿子是很吉利的,画一幅画,全是柿子,就可以题名"柿柿如意";要是柿子与芋头画在一起,便是"事事遇头",啥事都能有机遇,送人也有面子。齐白石画了几十幅柿子图,个个憨态可掬,意气欢喜。上次我去逛北京的老胡同,就在齐白石的故居里见到一株柿子树,一颗颗柿子挂在枝头,好看。那四合院里也有一棵石榴树,石榴在深秋咧开嘴,一眼可以看到猩红的果实。

老舍的故居里也有柿子树,他的院子,自己起了名叫作"丹柿小院"。南方人院子里爱种石榴、枇杷、桂花,柿子少一些。文人的院子里最爱种石榴。石榴花好看呀,至于果实,倒真的不一定要摘下来吃,画在画上就很好。

南方柿子圆溜溜的,北京的柿子是四方形,上面还有一个盖,有点像茶壶盖,怪不得叫"盖柿",据说是清凉的——天气冷下来,鲁迅文学院的宿舍里还没有开暖气,有同学就叫冷。其实我一点也不觉得冷。我怕热,尤惧怕北京暖气的天干物燥。以前冬天到北京,最受不了又热又闷又燥的暖气,夜不能寐,犹如困兽。霜降的时候,城区还没有集中供暖,我希望供得晚一些才好。

如果暖气太干,倒是可以吃柿子解燥——南京人黎戈说柿子是"冬天最贫贱的水果",而且"大冬天被暖气烘得口干舌燥,此物正是最解燥的冷饮"。黎戈出了新书,某天晚上我读到这一句,才知道柿子有这功能。我被北京的干燥弄得烦人，唯一的办法是拼命喝水。可是喝水也不顶用，水分输送不到身体的边远角落去，皮肤干，鼻子也难受极了。我只好用土办法，在房间里加湿，一只加湿器整天开着，再把一只电水壶也开着，水煮开了，一直咕嘟咕嘟地冒泡，水汽氤氲，居然有了一点仙境的意思。有一天晚上，鲁院的保安来敲门，说你在房间抽烟了吗？我一头雾水，因我从不抽烟。回头望见房间天花板上烟雾报警器红灯一直闪着，才知道是地上水汽蒸腾所致，不禁哑然失笑。

二禾君，有一回，南方朋友过来，我也带去牛肉面馆吃面。出来的时候，看到两个男人站在水果摊外面吃柿子，吃得两手都是黏糊糊的汁水，还有软蔫蔫的柿子皮。因为嫌麻烦，我不喜欢吃柿子（事实上，因为嫌麻烦，我也不喜欢吃芒果和猕猴桃）。从前在南方的故乡，村里分回来一篮青黄的柿子，大人细心地藏在米缸里，也不记得过了多久，拿出来时，表皮上依然敷着一层薄薄的白霜，柿子却已经发软，似乎吹弹可破。

那时候村里有一棵古老的柿树，到了秋天柿子成熟，全村老小都汇集到树下来。年轻身手又敏捷的小伙子，就会上树去采摘柿子，一筐一筐地用绳子吊下树来。最后由村里的老人，统一过秤后平分到各家各户，孩子们抱着一篮柿子欢喜地回家去了。我见过几次这样的场景。然而最后一次，大概是因为柿子分不匀，就有鲁莽的家伙把整个的大枝丫也砍下来，连果带叶，据为己有。别的人当然也很不服气，拿了斧头，在根上砍斫起来。这样的瓜分真是令人瞠目结舌，居然没用多久，一棵数人合围的老柿树就轰然倒地，然后连树桩也给瓜分了个干净，只留了一地的柿子汁液，以及残枝败叶。那时候，我人还很小，却第一次见证了柿树的消亡过程，并感到了人心的可畏。很多时候，一旦群体作起恶来，破坏力真是巨大，简直不可收拾。那以后，我再也没有吃过村里的柿子了。

二禾君，我前面不是说去香山吗，是去看香山的红叶。这个时节红叶漫山，人也漫山。爬山的时候，不禁想起几句诗：

> 两人对酌山花开，
> 一杯一杯复一杯。
> 我醉欲眠卿且去，
> 明朝有意抱琴来。

满山红叶中，我想你要在就好了，可以一起喝点酒。

三

二禾君，寒露前后，是获稻的时节，我终于忍不住要回乡一趟。于是约了几个朋友，一起去收割稻子。

我们乡下现今已经没有多少人种稻子了，这一门古老的手艺，怕是慢慢将成为乡村的绝唱。我父亲还很固执地种了一些，一年一年种下来，仿佛已是生命的习惯，真要不种田了，日子反而不好过。闲也是闲不住的，人反而会闷出病来，父亲一直这样说。早些年他在城里住过一段时间，横竖都无法适应，只好依旧与母亲一道回乡下了。种几样菜，养一群鸡，料理田间的水稻从春到秋，虽然经常挥汗如雨，却是他们所喜欢的自在生活。

前些时候，一位人类学家还是社会学家，在一次交流中谈到现代社会的文明与土著部落的原始，哪一个更具有持续性。其实这个话题，答案不言自明：刀耕火种是可持续的，涸泽而渔为不可持续；小农生产是可持续的，大工业文明为不可持续——举例说，有一天真要打起仗来，说不定成个什么样子呢，因文明社会是很脆弱的，一碰就碎，一点就炸。电影《阿凡达》不就是一个隐喻吗？处于自然状态中的原始人的生活，不一定就是绝对落后；当文明落败的时候，人们说不定还得要求助于最原始的生活方式。本来，盛与衰，先进与落后，是一个循环起伏的过程，周而复始，生生不息。

二禾君，我们聊这些，我姑且说说，你也姑且听听，权当是解个闷子而已。人类文明的大事情，我们也理不出个子丑寅卯，就留给学者们去论争。然而我对乡下的耕种，实在是有着一腔热情的。在梭罗生活的年代，二三百年前，他甘愿躲避到山野之中与湖水之滨，离群索居，自耕自种，悠然自得。而今，我却依然觉得这样的生活，有它的价值。可不可以这样说，在乡下生活，实是将身外的欲求缩减到最小的限度，而由此，却换来一个更大的心灵的自由空间。

我们就这样来到田间，眼前是一整个秋天。虫鸣，鸟叫，炊烟在村庄里升起，露水在清晨凝结，一阵风来，成熟的板栗从树梢上掉落，啪啪作响，大尾巴的松鼠则轻盈地从这个枝丫蹿到另一个树丫。这样的秋天摊开在我们面前，令所有人都觉得新鲜不已，这些来自城市的客人，算是真正闻到了秋天成熟又内敛的香气。

六个壮年男劳力共同抬着一个硕大的打稻机，嘿呀嘿呀，走到田里去。然后就踩进田间。大家的皮鞋早已沾上了泥巴。衣服上挂满了草叶。但这没问题，大家都觉得高兴极了——这么多的人，大家是要干什么呢——二禾君，那一天，我们大家就在一小片稻田中间，围拢起来，双手抚过沉沉的稻穗，然后弯下腰身，以近乎一种仪式般的虔诚与敬重，开始这一项秋天里的劳作——是的，与其说是一次收割水稻的劳作，不如说是一场以稻田为名的艺术活动。简直了。

野外的事情 | 141

四

二禾君,你问:2017年10月6日下午"父亲的水稻田"收割水稻,数十位来自杭州、上海等地城市的稻友参与其中。那么,为什么说它并不仅仅是一次传统意义上的收获劳作?

我答:是的,"父亲的水稻田"是我发起的一个城乡互动项目,已经连续举办4年了。而这一次的活动,它不仅是一次水稻的收获活动,我们希望这次活动能传达给所有参与者更为丰富的精神体验。

比如我们可以思考一些问题:每个人都在度过时间,什么样的时间,会成为生命中的珍贵记忆?为什么有的时间会成为一个人生命中的珍贵记忆,而大量别的时间只会悄悄流逝,无法被记忆留存?

对一个人来说,什么样的时间是有重量的?对一片千百年光阴流转与四时更替的水稻田来说,"这一个"特定的时间段,被从滚滚向前的时间流里截取出来,我们去注视它、观察它,就像注视和观察一幅油画、一部电影一样。它也因此有了更为丰富的价值与意义。

你问:为什么不是大家一起收割一大片辽阔的水稻,而是600株这么小小的一片?

我答:热闹的表象,往往会使人忽略本义。15行、40列共600株水稻的集阵,在一大片田野中间,可以说,非常小。正因其小,反而获得某种形式感与仪式感。当我们来到田间，面对这些水稻，并且开始收割这些水稻时，我们就不只是单纯为了收割而劳作。事情已经发生了变化，收割成为了某种仪式。

在这种仪式感下，我们不会为了目标（完成收割）而快速进行，而会为了另一个目标（艺术感受）而让节奏变得悠长缓慢。

在这个缓慢的过程里，参与者可以去感受手中镰刀割断稻秆时传递的震动，也可以聆听田野上的风吹过稻叶的细响，可以嗅到空气中弥漫的草香，也可以看见水稻从直立到躺倒再到脱粒的整个过程（原本想在田间焚烧这些稻草使其成为灰烬，后从环保角度出发放弃，不过没有关系，稻草最终也会完成腐烂的环节，只不过需要更多的时间）——从而，你能清晰地感知到时间的流逝。

在这个过程中，每个人，应该会获得比单纯的收割更为层次丰富的心灵感受。比如你可以想到，在几个月前，这些水稻还只是幼小的秧苗。你还可以联想到，在那个时候，或更久远一些时候，自己是什么样子。时间的流逝，不管是对于一株水稻或一个人来说，都是公平的。

你问：你们把整个收割过程，变成一次艺术行为。这个艺术作品，为什么将它命名为《时间》？

我答：之所以命名其为《时间》，是因这件艺术作品就是"时间"本身——从众人下田、来到600株水稻旁边的某时某刻某分某秒开始，到600株水稻被收割完毕、田野回归寂静的某时某刻某分某秒结束。这样一个时间段落，就是一件艺术作品。这个作品只呈现一次，无法重复。它具有即时性、消逝性、唯一性。

你问：为什么要强调，这不只是劳作的体验，更是一次艺术作品的共同创作过程?

我答:在这一个特定的空间(稻田)里,一群人共同度过了一段时间(2017年10月6日下午的一个多小时)。或者说,这一段时间,是一群人以某种特定的方式共同度过,并一起成功达成了某个目标。因而,可以认为,所有参与者即是共同的创作者。

你问:时间何以成为艺术?

我答:很多艺术形式,电影、音乐、摄影、绘画、文学,都是关于"时间"的艺术。新晋诺贝尔文学奖获得者石黑一雄,所写作品中带有东方式的"物哀"之美。所谓"物哀",本质上就是时间。蔡国强的烟花艺术,也就是时间的美学。

你问:所以本质上,你是想让这短暂的时间被更多人的记忆所留取?

我答:正是如此。太多的时间流逝而我们并不能感知,从某种意义上来说它是"荒废"了的。一个文学作品,作家会希望10年后、20年后甚至50年后依然有人去阅读它;一个摄影作品,作者也会希望它能穿越时间,抵达更久远的地方。而这个下午,在稻田里的短暂的一两个小时,我们也希望它能被截存、留取,在10年、20年甚至50年后,我们当中的某些人或者其他人,还能记得它。这也就是"艺术"的价值所在。

你问:我们的生命为什么要慢下来?

我答：只有慢下来，你才可以更清晰地感知时间的流逝。时间的长度是限定的，那么作为这些时间的拥有者，你会希望它快点过，还是慢点过？

五

二禾君，你知道，那是我早就想看的舞剧，云门舞集的《稻禾》。我在北京的国家大剧院，观看了这场演出（就在"父亲的水稻田"获稻后不久的一天）。二禾君，你不知道我在观剧过程中，内心的波澜与震颤。我从小到大在田间经历过的一切，风云雷电，稻浪声声，仿佛就在那个舞台上被唤醒。当全剧终了，演员们集体谢幕时，我居然不禁泪下。

那是献给大地的颂歌。从春到秋，从冬到夏，从谷到禾，从禾到谷，大地上的故事周而复始地上演。大地上的人，分分合合，生生死死，悲欣交集，热烈平淡，也不过是在轮回复盘。

正是这一刻的顿悟，令我动容。

演后谈环节，导演林怀民拄着拐杖走上舞台，缓缓说起台湾池上人们种田的故事。池上175公顷稻田，一望无际，没有一根电线杆，造就一片纯净如童话的世外之境。池上人不被外部世界打扰，坚守着自己的一方稻田，过着自己的日子。泥土，花粉，谷实。风，水，土，火。太阳，月亮，星星，天空。

"福也！好哇！天地开场，日月同光，今日黄道，割禾收仓！"

"福也！好哇！稻谷两头尖，天天在嘴边，粒粒入肚皮，顶过活神仙！"

此季寒露，获稻，在我故乡浙西常山，"父亲的水稻田"田畈之间，我特邀了国家级非物质文化遗产"喝彩歌谣"传人曾令兵，来稻田间为获稻喝彩。其人憨厚素朴，内力深厚，其声激越，其气浩然，声声喝词激起众人阵阵回应。伏以，好哇，人与稻禾的情意，震荡在天地之间。

秋意高远，雁过无声。

六

二禾君，收获是这个时节最重要的主题。在田间。在山上。挖番薯，挖芋头。拾板栗，捡核桃，采山茶果。我不知道，你有没有看过日本电影《小森林》，那里面采摘秋天的野果的场景，也是我在故乡最喜欢做的事。

二禾君，我常常想，大山给了人们那么丰厚的馈赠，人们是不是真的懂得它。比如深秋，我在山道上行走，随意可以发现很多甜蜜的野果——比如八月炸，正是这个时节成熟，高挂在枝叶藤蔓之间，果皮开裂，蜜一样甜；比如野猕猴桃果，小小的，挂在藤子上，表皮缀满细密的茸毛，已然吐露着发酵的酒香。这时的山林，风一吹来，飘扬着成熟的野果发出的甜香，果然是深秋的气味。这时节熟透了的果实，鸟会吃，松鼠也会吃，蜂子也会来吃；时间再往后一些，天气就更冷了，树叶将会凋零，成熟的果子也就落地，送给更小的蜂子或蚂蚁去吃。

在这一点，草木野果真是慷慨，并且不执——不执于事，不执于人。秋风起时，当枯则枯，当黄亦黄，当落就落，当败也败，顺应着时节的进展，一切都是正好。令我想到，这岂不是魏晋人的风度。我们这个时代的人，哪里还学得了这些？

七

二禾君，再过些日子，河对岸的木榨油坊就要开动了。

远远的，榨工的号子声听起来有一种击中人心的力量。晒干的山茶籽送进木榨坊，于是山茶籽被碾磨，被炒熟，被筛选，被蒸热，被箍成圆饼，被摞成一叠送进木榨，被木桩塞紧，被撞头击打。于是，清清亮亮的黄色液体，像雨天的檐水一样细细长长地淌下来。油的香味开始在村庄的上空飘荡。

二禾君，你见过那古老的榨油的情景吗？你真该去看一看的。古老的榨油坊，在村庄里快要消失了，就连那些年老的榨工也要从村庄里离开了。二禾君，在木榨坊，我看到有一滴油，落到了承接的木桶外边，正在滑落。山农赶紧用手指去接。油在她干裂的皮肤上渗透下去。那是一双怎样的大手啊。

八

父亲把新碾的大米装好，交给我。晒了好几天，稻谷吸饱了阳光的灿烂与热烈，送进碾米机的时候，稻谷立刻嘎嘣脆地脱下了谷壳。现在，一粒米，终于抛弃它沉重的外衣，显出晶莹纯洁的质地。

二禾君，当我们在讨论大米时，我们在讨论什么？城里的孩子们吃着碗里的米饭,并不知道大米是从田里长出来的,也并不知道大米生长在一种叫水稻的植物上。到乡下去,孩子和大人都欣喜若狂,是带着观光的心情撵蜂捕蝶,却并不能清晰地分辨水稻与小麦,小麦与韭菜,韭菜与蒜苗,蒜苗与芋艿,芋艿与荷花到底有什么不一样;他们能经常吃到南瓜、冬瓜、丝瓜、黄瓜,却也并不能分辨南瓜与冬瓜、冬瓜与丝瓜、丝瓜与黄瓜的藤与花到底有什么不一样。

所以,二禾君,当我此刻谈到大米时,我的心里是有一大片的稻田的,稻禾在我身后的风里起舞。我与大多数的人都不同。这一刻我所感受的稻田是无比静谧的。

我在一本书《一平方英寸的寂静》中读到这样一段话:

> 我们蒙大拿州的人民感激上帝赋予本州静谧之美、
> 雄伟的山脉与浩瀚绵延的平原,
> 为了改善现今与未代世代的生活质量、
> 均等机会并享有自由的恩赐,特制定与确立本宪法。
>
> ——《蒙大拿州宪法》序文

蒙大拿州在州宪法的开篇中开宗明义地提出了"静谧"的价值。这也使我想起台湾池上的稻农们为了守卫稻田的静谧所做出的努力,他们拒绝电线杆,也拒绝路灯的进入——他们说稻禾在夜晚是要睡觉的,他们说这一片宁静不该被打扰。他们成功了。

二禾君,当我谈到大米时,我的内心如此宁静,这样一种朴素的粮食,滋养着我们的身体。今天我已经离开了村庄,但内心仍有一条渠道,由这片宁静的稻田源源不断地传送给我。不管什么时候,只要我一回到稻田,我内心的某个角度就会被一下子激活。

父亲把新碾的一袋热乎乎的大米交给我。这是稻田里这一季的产出。新鲜的大米有一股米香,这是城市的超市里的大米所没有的。我把整袋的大米塞进汽车的后备厢,之后又一次离开村庄。

九

几天不见,银杏叶子就黄了,飘落一地。院子里的银杏树并不高大,却都是果实累累。我见过许多棵银杏树,几百岁,几千岁,屹立在那里像一个沉默的长者,叫人仰望并生敬畏心。最年长的树,是山东莒县的一棵,已经四千岁。站在那棵树底下,正好下了一场大雨,倾盆大雨啪啪而下,仿佛从世界的顶端落下,使我领受到老树的教诲与美意。

穿过一地银杏叶,从鲁迅文学院出门右拐,走几百米穿过红绿灯,穿过渐渐起来的寒风,再行一百多米,我去吃一碗牛肉面。二禾君,你如果来的话,我也一定要带你去吃一碗牛肉面——就在对外经济贸易大学西门的马路对面。

寒露之后是霜降,乡野此时应有遍地白霜了吧?光阴流转,四时节气就是这样悄悄地流走。而我是那个游荡的人,像风一样四处奔走。二禾君,我常觉得我是奔走在城市与山野之间的人,一个行在大街上的山里人。我常对着街头赶驴的人行注目礼,我也常对水果摊上的柿子、玉米棒子、糖炒栗子瞪大眼睛。

在北京。二禾君,在西长安街上,我是一个携带野果的人,我怀里揣着一个故乡,就像揣着一个巨大的秘密。

树梢上的雨滴滑落下来

一

芝麻在七月开花。芝麻的花是白色的,一朵一朵垂挂下来。一场大雨过后,虫声重新热闹起来。我穿过这潮热的清晨去河边。蝉鸣,鸟叫,各种各样的声音,这是生命的吟唱,亦是大自然的白噪音。

然后雨轻轻地下起来了。

二

我曾把雨夜屋檐滴答落水的声音录下来,也曾把海浪拍打岸边的声音录下来,还有风吹过竹林的声音,以及磨石尖高山上风摇动松针的声音。那些声音美妙极了,世上最精妙的语言都无法模拟出那些声音,它如此丰富而有层次,层层叠叠,一波又一波。

如果你能想象松针——那些柔软的树叶轻轻扫过皮肤的感觉,或者当微风吹过一整片稻田,稻叶顺着一个方向轻轻摇摆——那声音与视觉都同样令人着迷。我经常就这样坐在田埂上,望着眼前的水稻田出神,耳边回响着大自然的声音。

唐·德里罗有一部长篇小说《白噪音》,我买来后却一直搁在书架上,还没读。

三

一条通往源头的道路是漫长的。许多次我逆流而上,从钱塘江尾一直抵达钱塘江源头。公路与河流,时常相互交错,这是一种"对望"的关系——直到大山深处依然如此:路边有溪,溪边有路。这种对望关系似乎从来如此。

四

梭罗说:"如果我们能够永远生活在当下,有效地利用所有发生在我们身上的一切偶然,就像青草坦然承受落在它们身上的最轻微的露水的滋润,而不是把时间荒废在为了失去机会而悔恨的话,那我们就有福了。"这是极正确的话,生活在当下即是说,要享受这个过程,不去管结果怎么样。如果一味纠缠于结果,那并没有太大意义。人生正就是由"过程"构成的,而非"结果"。

五

有一年在上海,我去采访艺术家何训田,他讲起一场大雨。2007年他在印度恒河,那天清晨瓦拉纳西的天空特别奇异,成千上万的信徒还睡在恒河边,突然间下起了一场大暴雨,众人手提锅碗、披着衣物四处逃窜,整个河边兵荒马乱,恍若战场。何训田一行人坐车回到饭店,此时大雨正好停止。酒店内的旅客们还在缓慢地吃早餐,还有许多人正在起床、刷牙、漱口、上厕所,好像什么事都没有发生。他突然感受到一种"空隙"的存在。对一部分人来说,如同战争一般的经历,另一部分人却根本感知不到,哪怕事实上两者近在咫尺。那一场历时一个多小时的大暴雨,对于一部分人来说根本不存在。

六

我在钱江源头经历了一场暴雨。我没有带伞,大雨来临的时候我刚准备进入森林。但我一点都不惊慌,我觉得这或许是一场"对话",树林高处的雨滴滑落下来,敲打在我的头上,我与一棵高处的树木由此建立了某种微妙的关系。这是一种难得的经历。

七

何训田后来试图用音乐去呈现人类听觉无法"听到"的那些事物。人的听觉，正常只能接收到 20 赫兹到 2 万赫兹之间的声音。20 赫兹以下是次声波，2 万赫兹以上的是超声波。它可以被仪器测出来，还可以被皮肤感觉到，但无法被"听"到。地球上每时每刻都充满噪音，2 万赫兹以上的，20 赫兹以下的——只是人类的耳朵刚好把它们屏蔽了，人觉得周围很安静。但是，人们一定要知道，一定有些东西，是我们无法"接收"到而已（这很可能是一种自我保护机制），不代表它并不存在。

人类能感受的那一部分世界，事实上，只是"世界"很小的一部分。

八

上一次深刻领受大树的教诲，是在 2013 年的山东莒县。在一场大雨里，我与一棵四千年的银杏树猝不及防地相遇。我从很远的地方来。我走了很多的路，遇到很多的人。对方是一棵巨大的银杏树。它的腰身，要七八个人才搂得过来；它的冠盖，可以荫庇数亩。雨太大了。大雨致整座浮来山云蒸雾蔚，我抬头，已然望不见这棵大树的华顶。密集的雨滴，从青翠的鸭掌般的树叶上滑落，经历层层叠叠的树叶上的旅行，最终噼里啪啦打在雨伞上。这样的雨就像从四千年前，从光阴深处，不由分说地落下来。雨点打在距离我的耳朵大约二十五厘米的地方，打出一声又一声，如父亲的爆栗一般的声响。

九

大树有神灵。不仅在浙西，在中国大地上的很多地区人们都有这样的看法。在日本，这样的观念更加显著，他们认为"万物有灵"。日本那样的海岛国家，地理环境优美，自然景象也美，更使日本人相信万物皆有灵气。与此同时，大自然的不可预知、不可抗拒，也令人敬畏。柳田圣山在《禅与日本文化》一书中说："日本的大自然，与其说是人改造的对象，不如说首先是敬畏信仰的神灵。"

十

对于世界的感受，因人而异。艺术不像科学。科学是站在前人的肩膀上，不断迭代、更新；艺术并非如此，艺术面前人人平等，人人从零开始。艺术是对于世界的感受。不管西方人还是东方人，自身感受宇宙之后，他心中产生的东西，才是他自己的东西。这是一手的、直接的体验。如果要真正地感受世界，必须抛弃很多东西——比如先入为主的"教育"，必须清空，重新回到一个婴儿的状态——重新成为一个很干净的人，成为一张白纸。干净的人面对一个宇宙，才能获得天然的感受。我们现在,常常已经不是自己,头脑里装满了"别人"对于世界的"感知",唯独没有自己的感知。

十一

我在田埂上坐下来的时候,与我在森林中散步的时候,所感知到的世界是不是同一个世界?

十二

很想知道在广袤的钱江源国家公园,最古老的一棵树在哪里?如果这棵树隐于森林,一定在默默守护着整个森林家族的平安。不仅仅是大树,还有它们脚下的灌木与小花,以及昆虫与蘑菇。更多的人们会因为那棵树前往瞻仰,从而心生敬意——在森林之中,到底还有哪些秘密是我们所不知道的?

十三

"在乡下散步时,我觉得自己就是神。"写出《少年维特的烦恼》的歌德说,"因为无边无际的富足、无限世界的庄严形态在我的灵魂里生根和活动……森林与山岳在回响，所有难以进入的力量在创造，我凝视大地深处看到这股力量在震荡，我看到大地之上、天空之下万物麇集。"

我以为，任何一位诗人进入森林，都可以从中获得启示，不管那些启示来自于高处的枝叶，还是来自于大地深处的根系。你会惊讶于一棵树的力量如此平和，又如此巨大。

十四

1874年的一场暴风雨中，约翰·缪尔登上内华达山脉的一座山脊，然后爬上一棵针叶树，只为了更近距离地倾听高处的针叶在风中产生的乐音。他听到了什么——树叶彼此摩擦的机械的声音、树枝和光秃树干深沉的声音、松针发出的尖锐哨音，以及"丝绸的低语"，而来自大海的风"携带着最振奋的香气"。

十五

从钱江源国家公园离开，回到城市的日常生活里，我依然时常会想念起大雨落在森林之中，晚风掠过丛林的声音。七月底的一天，我在手机上安装了一个App名叫"Rainy Mood"，里面搜集了很多下雨的声音。譬如——华盛顿森林里的雨、科隆的雷暴雨、俄勒冈沿海的热带雨林、日本寺庙上的雨、苏格兰的小河、太平洋的雷暴雨、远处的芝加哥雷雨声、在森林深处洗澡、圣海伦斯山附近的河流、平稳的雨、落到帐篷上的雨、北卡罗来纳州的暴风雨、英格兰在下雨、亚利桑那凤凰城的雷暴雨、俄勒冈清晨的雷暴雨、巨石阵的雨、意大利米兰的雨、悉尼瀑布、瑞士的冰河、巴黎的雨、苏格兰乡下的雨、伊利诺斯的雨和鹩鹩、急流的山间水声、阿姆斯特丹的雨、巴厘岛水稻梯田上空的雨、赫尔辛基火车站的雨、威尔士阿伯里斯特威斯的雨、离多伦多很远的雷暴雨、野营车上的雨、密苏里屋顶上的雨、英国斯诺登尼亚的雷鸣、雷暴雨中的鸟鸣……

十六

　　我觉得应该有一个人去做这件事，他在钱江源国家公园的各个角落里，录下各种各样的声音：鸟鸣，溪流，风声雨声，猫头鹰在夜间的叫声，大雨落在栎树上的声音，溪水流淌进农家铺设的竹笕又从另一端流出来的声音，瀑布，一百种虫子在夏夜的鸣唱，蝉声，有人从林间走过的声音，夕阳西下时一只羚羊的叫声。

　　如果非要给这个项目一个名字，我想可以叫："听见钱江源"。

十七

　　还有很多美好，我们并不知道。
　　它就在我们身边，而我们并不知道。

树荫的温柔

第一棵树

朋友小文开了一间茶馆,叫"树下茶馆",邀我去坐坐。他说,他在茶馆内专门留了书的空间,还有活动沙龙的空间,要是朋友们来了,喝茶,读书,都是美事。

我与小文只见过一面,是在郑州松社书店。小文是媒体人,先后从事过影视编剧、杂志记者、网络编辑、财经记者等职,后来转型成为新媒体人,做一档名为《青听》的人文财经对话节目。那时我的新书《下田:写给城市的稻米书》刚出版,受松社书店之邀,我去分享种田故事。作为主持人与我对话的,正是小文。小文主持风格稳健,话题收放自如,那一场对话既生动又深入,与听众互动也很热烈,丝毫不会冷场。我心想,像这样的分享活动,有一个好的对话者、专业的主持人,是多荣幸的事。

小文是个停不下来的人。后来我在朋友圈里关注他,看他创办了一档叫《咕嘟夜食》的美食视频节目,每期推出好吃的;再过不久,又看他开了一间茶馆。我想,对于这座城市的人间烟火,小文是真的热爱，也是真的了解。树下茶馆空间，原先是一座油脂化学厂，属于郑州工业遗存的老厂房；厂房外面，有一排高大的梧桐树，浓荫蔽日，夏天特别凉快。在那里喝茶读书，应该很有味道吧。

有很多大树——怪不得茶馆要叫"树下"呢。

树下，让人想起过去的事情。树下的生活，有缓慢的味道。那些高大的梧桐树，曾听取过机器轰隆隆的声音，现在机器的声音远逝了，另外的一些年轻人前来怀旧闲坐，打卡拍照。老厂房和大树，都是时间的连接器。要是老厂房拆了，大树砍了，那个地方还会有原先的记忆吗？

第二棵树

有时我会出门，去村庄各处行走，看花看树。五联村古树不多，当然有时我也很怀疑自己的判断，到底哪些树才是古树呢，是不是可以让人一眼看出来。也许有的古树深藏不露，植株矮小，小到需要人们弯腰俯身才能注意到它。我们对于一棵树的了解并不像我们以为的那样透彻，事实上我们可能完全不会懂得它。对于一棵树来说，它知道怎样在这个世间更好地生存，它们顺应时节的变化，感受气候的变迁，用缓慢的方式沉着应对，不急不躁地开花结果、发芽落叶，年复一年地生长。它们的根系发达，藏在地底下的部分远比我们肉眼能看到的地上部分更加强大。它们的气场也比我们所能见到的更为悠远，影响着世界的一小部分——开花的时候，它把花粉和香气播撒在空气中；落叶的时候，它让树叶纷纷扬扬，送给远方；有很多鸟儿把巢筑在它的身上，后来鸟儿也成为了树的一部分，鸟儿飞去飞回，鸟儿能飞多远，树就能走多远，鸟儿看到的世界，也是树能看到的世界。

树有更大的智慧，人却不知道。也许一棵古树会把自己深深隐藏起来。起先村庄里还有三两个老人知道关于树的秘密。据说是在某片朝北的山谷里，那棵树是小的，枝叶纤细，一年到头从来不开花。不，也不是不开花。花是悄悄开的，没有颜色，没有香味，天一亮花就谢了。树也长得缓慢，它隐藏在那些杉树、红花槭木、毛栗树的枝叶底下，几十年没有长高。只有两三个老人知道那棵树的桩是老的。老桩足够老，老到了几百年上千年。后来这几位老人也老了，老人知道的秘密被他们自己忘掉了。不过，这对树来说也没什么要紧的。它唯一需要做的就是等待，直到最后一个人也把它忘掉。

第三棵树

在杭州，我曾寻访过很多大树，在古老的街巷里，在景区，在湖边。我去杭州的法相巷里，寻觅过一棵古老的唐樟。西湖边，走三台山路，到六通宾馆前转入一条窄窄的法相巷，一直走，可以通到南高峰，唐樟就长在南高峰山脚下。

那里原先有一座法相寺。法相寺现在没有了，树还在，所以这棵树也被居民叫作"法相唐樟"。算起来，大树有一千多岁了，唐朝时就已种下。一棵唐樟，长长久久地生长在西湖边，直到现在还常有人专程去拜访它。拜访一棵树，应该是很有意思的。想想看啊，我们现在见不到法相寺了，但是这棵树见过；我们见不到很多古人了，但是这棵树也许也见过。譬如说法相寺，始建于吴越，那时也叫长耳寺。据说这个寺庙里，有一位住持生有异相，耳朵特别长，长到九寸，上过头顶,下可垂肩,人称"长耳和尚"。长耳和尚原在天台国清寺,某年游历到了杭州,被吴越王敬为上宾,就留在了法相寺。这棵树与长耳和尚,一定是彼此熟悉的。几十年后,长耳和尚无疾而终。因为有这位大德高僧,小寺的香火一直很旺。张岱就在他的《西湖梦寻》一书中,记下过这位和尚的故事。

唐樟的边上,有一座亭子,"樟亭"。现在我们见到的亭子,是2003年复建的。但是最初在1918年,是晚清著名诗人、国学大师陈寅恪的父亲陈三立,拉了十个好朋友,一起为这棵唐樟募捐建起的亭子。陈三立还专门为此写了一篇《樟亭记》。

一棵古老的唐樟,那么多的高人都来拜访它,那么,它自然也是一个高人。

有一天,我在杭州博物馆里开会,出得门来,才知道天都黑了。之前还下着雨,这会儿已然雨歇,天色幽蓝。我看了一眼吴山,想了一下,遂转身朝着曲折的石阶小径,向山上攀登去。吴山上真是古树参天,华盖亭亭。靠近城隍阁的山崖下,有一棵香樟,树根虬结,盘根错节,趴在山坡上,整树枝繁叶茂,遮天蔽日。举头望之,顿时觉得天气之间有一道雄浑苍凉的力量。一旁的工作人员,正跟人介绍说,说这棵树有八百岁啦。

吴山上,这样七八百岁的古树还有好些。整座山大树郁郁葱葱,气象森然。在"有美堂记"碑附近,有一棵宋樟,树干粗大,要三四人方能合抱。"有美堂",何美有之?说的是宋仁宗嘉祐二年(1057年),梅挚任杭州太守,仁宗《赐梅挚知杭州》诗中写:"地有吴山美,东南第一州"。梅挚感激天子赐诗,在吴山建了"有美堂",并请了欧阳修来写了一篇《有美堂记》。

文中有一段话:

夫举天下之至美与其乐，有不得兼焉者多矣。故穷山水登临之美者，必之乎宽闲之野、寂寞之乡，而后得焉。览人物之盛丽，跨都邑之雄富者，必据乎四达之冲、舟车之会，而后足焉。盖彼放心于物外，而此娱意于繁华，二者各有适焉。然其为乐，不得而兼也。

有美堂独处吴山之高处，可得山水之美，也得繁华之盛，真乃快事。

有美堂现在没有了，欧阳修也不在了，唯《有美堂记》留了下来。吴山上的宋樟不言不语，悄悄见证这一切。

・

第四棵树

　　杭州的古树很多。我翻了一个数据，年龄在百年以上的古树有1026棵，300年以上的古树有232棵。其中五云山顶有一棵银杏树，树龄高达1420年；灵隐飞来峰石窟边的树藤，树龄800年；云栖竹径千年以上的枫香，有两棵，其中一棵主干高达38米，树围3人才能合抱。

有树，就是有福。

我喜欢的城市日本京都，也有很多大树和古树。在京都的街巷里行走，常见人家院子里有一两棵造型优美的针叶树，如黑松、罗汉松之类的。内行的朋友说，这些树价值不菲，一棵树说不定就要几十万、上百万元人民币。普普通通的人家，也不见停着什么豪华的车，房子也不是特别奢侈的别墅，却舍得花那么多钱，花几十年、上百年时间，来养护一棵树，可见当地人是有多么热爱大树。

京都的寺庙里更是古木参天，一入此地，脚步也不由放得轻缓。清水寺、银阁寺，到处都有古老的大树，气氛森森。譬如著名门迹寺院青莲院，有很古老的楠树。枝叶相拥，郁郁葱葱。据说青莲院古楠树的树龄，都在 800 年以上，传说是亲鸾圣人亲手所栽，最高的约有 26 米。那里的 5 棵古楠树，被认定为京都市"天然纪念物"。

川端康成的小说《古都》，写的就是京都——他在小说里写道，"作为大城市，得数它的绿叶最美。修学院离宫、御所的松林、古寺那宽广庭园里的树木自不消说，在市内木屋町和高濑川畔、五条和护城河的垂柳，等吸引着游客。是真正的垂柳。翠绿的枝丫几乎垂到地面，婀娜轻盈。还有那北山的赤松，绵亘不绝，细柔柔地形成一个圆形，也给人以同样的美的享受……"

同样，青莲院门口的那棵巨大的楠木，川端康成也把它写进了小说——秋日，太吉郎邀请妻子和女儿去散步，千重子带着父亲绕道去看看青莲院的樟树，三人无言站在树前眺望着，它的枝干以诡异的角度弯曲伸展着，又互相缠绕，散发出一种令人畏惧的力量。

画家东山魁夷也爱京都，川端康成邀请他到京都，画一画这座古老的城市："如果现在不画的话，京都可就没有了。"那是 1960 年，川端来到京都，创作《古都》，他眼看着京都的高楼洋房越来越多，暗自叹息，遂邀请远在北欧旅行的东山魁夷回来画京都。

后来，东山魁夷到京都住了六年，画了很多画，集结成《京洛四季》出版。川端康成为之作序，他在文中提到东山魁夷所画的《经年的树》，正是青莲院门前的那一棵古树，还特地跑去看了看。川端康成说，古树的生命力，那盘根错节的根系，正是古都的厚重感，也是京都人的心性。"被称为千年古都的京都，在优雅与温柔背后，藏着更为强韧的东西。"

野外的事情

第五棵树

一座拥有很多大树的城市，是有静气有历史的城市；一座拥有很多大树的村庄，是有文脉有传统的村庄。前不久，我和朋友一起去松阳看古村落，两三天里走了不少村庄，那些古朴娴静的村庄日常，给我们留下深刻印象。

有一天近午时分，我们来到三都乡杨家堂村。眼前的古村落山峦环抱，黄色夯土墙层层叠叠，整个村庄错落起伏。正在村中行走，一场雨突如其来，雨点噼里啪啦地打下来。历经沧桑的黛黑色鱼鳞瓦，被岁月打磨光滑的鹅卵石步道，顿时飞珠溅玉，平添生气。即将盛花的古老樟树雨落纷纷，杨家堂的这个春日，有了一层烟雨迷蒙之美。

大雨之中，我们顺势钻进一座凉亭避雨。远处青山，近处飞雨，好一幅春日喜雨图。

凉亭就在一棵古老的大樟树下。这个村庄里有很多古树。老支书告诉我们，杨家堂村并不是村民都姓"杨"才得名，杨家堂村99户300多人口，都以宋姓为主。对于村庄的名字，松阳《县志》中记载，当初村中因有三棵交叉的樟树，所以叫作"樟交堂"，后来才改名为杨家堂。

村口两棵古樟参天屹立，相互拥抱在一起，其造型优美，长势欣盛。这两棵古樟，被人叫作"夫妻树"，已经成了网红。很多游客也专程来此，在古树前拍照打卡。当地朋友说，在松阳，像杨家堂这样的传统村落有七十多个，每一个村庄都独具特色，每一个村庄都有很多古老的大树。松阳正在筹建"国家传统村落公园"——可以说，松阳的每一个村落，都是被老树簇拥的村庄。

我们坐在凉亭下喝茶。喝的是村民自制的绿茶。杨家堂这样一个小山村,被外界誉为"金色布达拉宫",声名远扬。雨歇之后,村庄古朴又清新,黄土泥墙旁时不时冒出几丛茶树几棵芥菜,充满日常的生机。这样一个古意盎然的村庄,因为有了许多的古树,让人觉得内心沉静。听着雨点啪嗒啪嗒击打在树叶上,觉得时光的脚步,在这里被无限延缓。

第六棵树

统计树木的人来到了我们村里。年轻的大学生,戴着眼镜,夹着卷尺和笔记本。他们来到每一棵大树前面,用卷尺量树的腰围,测量枝叶的阴影,记录树上鸟窝的数量。他们通常会忽略那些矮小的树。比如长在河岸上的,每年要被汹涌的洪水淹没两三次的一棵歪脖子树。歪脖子树的根深深地扎在河埠头。歪脖子的一个枝丫总是被人砍掉又长出来,长出来又砍掉,因为那个枝丫常常会挡住从码头上岸的人。有的人停了船,会把绳子系在树桩上。有时候村里的放牛娃也会把牛绳系在树桩上。夏天的傍晚,牛绳系得松松的,老牛可以舒服地在这个树窝深潭里泡个澡,老牛的鼻息粗重,太阳下山后变得悠缓,这是一个宁静的傍晚。

统计树木的人统计了全县的古老的大树,最后写了一篇论文,《常山县古树名木资源现状及保护管理建议》:

据2014年6月至8月调查,常山县古树名木18科32属40种2233株;树种有香樟、南方红豆杉、银杏、马尾松、杉木、柏木、圆柏、榧树、枫杨、苦槠、青冈栎、小叶栎、糙叶树、珊瑚朴、榔榆、红楠、枫香、黄檀、常山胡柚、南酸枣、黄连木、枳椇、女贞、柿树、梅、四季桂等。

这些树木生长在美好的地方——庭院（15棵），宅院（45棵），公园（2棵），村旁（482棵），路旁（947棵），水旁（110棵），田旁（61棵），山坡（529棵），其他角落（35棵）。

统计树木的人走访了很多地方，问了很多老人，有的老人年纪已经很大了，他们随手一指，嘴里说着含混不清的话。他们的手指向山谷和悬崖——"那里有一棵，一棵，我爷爷的爷爷就知道那棵树了……"问他那是一棵什么树，那棵树具体长在哪条山谷，哪片悬崖，他们就说不清了，有时候指向东边，有时候又指向西边。也许他也明白，这是树的秘密，树可能并不想暴露自己的方位。关于树的秘密，其实只有树自己知道得最多。

统计树木的人扭头望了望山谷的方向，推了推鼻梁上的眼镜框，起身走了。我觉得统计树木的人应该给每一棵树做一个口述史。

第七棵树

我在秋天去看一棵银杏树。那个地方离我家非常远，大概有几十公里，以前叫作毛良坞（一个典雅的名字），现在叫作新桥（嗯，怎么说呢，一个新的名字）。我去毛良坞，首先是去看一位山里的朋友，山里的朋友有时会带给我冬笋，有时候会带给我一些别的山货。我和山里朋友一起喝酒，喝到微醺的时候摇摇晃晃去看一棵树。

一棵金黄色的树。

一棵把一整个村庄印染成金黄色的树。

那时候我觉得,一个村庄要是有一两棵古老的银杏树,真是一件有福的事情。一两棵树的灿烂,有什么可以比得了呢?

银杏树是雌雄异株,有雌树有雄树,方能结果。银杏果挂满枝头,等到落地腐烂,会产生一种怪味。但是银杏果可以吃,盐焗白果,是一道很好的下酒小食。

印象深刻的银杏树还有三个地方:一是山东莒县浮来山上,有一棵四千年的银杏树,可谓天下第一银杏树,我曾去拜访过;二是衢州孔氏家庙的银杏树,有一年秋天,满院金黄之中偶遇一位朋友;三是县城塔山之上,文峰塔下有一座书画院,院中有两棵银杏树,去年秋雨之中我曾去探望,大门深锁,里面一个人也没有,我透过门缝拍下一张照片,也是一地金黄。

第八棵树

去看一棵胡柚树。这棵树就长在我家的门外,出了门大概二十几步的地方。在一个春天的清晨我打开家门,忽然闻到一阵香,我就知道那是胡柚树释放的信号。这棵胡柚树已生长了二三十年,看起来很老了。树身上的枝杈已经被虫子蛀空了,另一侧也有着虫袭的伤痕。我曾去青石镇一个叫澄潭的地方,寻访胡柚的"祖宗树"。我去年写过一篇文章,写到胡柚这棵"祖宗树",有人问我,为什么叫"祖宗树"。胡柚这一种水果,最初的种子也许是风吹来,也许是鸟儿衔来,落地之后生芽生根开花,花粉与附近的橘子树交换彼此的信息,获得了某种意外的机缘，就此自然杂交，有了常山胡柚。查来查去，澄潭的这一棵胡柚树，应该是最早的那一棵了，后来遍布常山大地的胡柚，都是从这一棵树繁衍生息开来。由此，这一棵被叫作"祖宗树"，大抵还是不错的。

或问，"祖宗树"高寿几何？

答曰，不过一百多岁也。

澄潭有大片的胡柚树，树也长得高大，普遍是几十年的老树。陪我寻访胡柚树的老农技员郑美催，给我看了一本书：《常山胡柚特性及栽培技术》，贝增明、叶杏元编著，中国科学技术出版社 2003 年出版。郑美催一辈子搞农业技术，现在是个老人家了。1972 年，他搞病虫害预测和预报，后来任县农业局的棉花辅导员，也是土农药、土肥料的专家。对于大地上的事情，他知道得比大多数人要多。对于土地上的昆虫，他也知道得比大多数人要多。这是一件令人佩服的事情。但是郑美催很谦虚，他说一个人要是五十年坚持种地，一定是能把地种好的，坚持研究昆虫，也是一定能懂得昆虫的。

走在路上时，他指着一棵胡柚树告诉我，你看，这棵树就快不行了。

那是一棵胸径碗口大的胡柚树，树冠上还有浓绿的叶子，也开着并不稠密的花。但是老郑跟我说，这棵树恐怕这两年就要坏了。我疑惑不已，为什么呢？老郑说，一看就知道，这棵树里面已经被虫子蛀空了。胡柚树是虫子很喜欢吃的树。胡柚树的质地松脆，果子很甜，它的木质部分吃起来也是甜的，所以虫害尤其多。两三年不照顾它，一定会被虫子攻击的。

那个村庄里，很多人都外出打工，门前屋后大棵的胡柚树无人照看，一不留神，就被虫子攻陷了。

所以这个春天，当我在自己家门口闻到柚花香时，便也是接收到了胡柚树传递给我的信号。这是风里传来的信号。

胡柚树开花的时候，香气叫人心醉神驰。很多年前，我就想到，应该开发一种香氛产品，柚花香。柚花开，柚花落，匆匆春逝去。若是有一种柚花香，可以把春留住，那是多好的事。

花的香是很奇妙的，差异也很微妙，就像古树花、新树花的区别，你能不能闻出来？这就跟喝茶一样。譬如普洱茶，讲究出茶的山头。最古老的三座普洱茶山，大雪山、攸乐山、老班章。古六大茶山，分别是革登山、莽枝山、倚邦山、蛮砖山、易武山、攸乐山。新六大茶山，分别是南糯山、南峤山、勐宋山、景迈山、布朗山、巴达山。我们到云南普洱市去，就去这些山头，到处转。

如果你要闻常山胡柚花的香，也要去几座山头。讲究的人，就得讲究到极致——某某山的柚花香，头香怎么样，中香怎么样，尾香怎么样，都略有不同；有的山头，头香是入鼻爽滑，舌面生津；有的山头，中香温和，香气略带木香或蜜香；有的山头，尾香余韵悠长，回甘持久，令人流连再三，云云——总之，虽然同样是胡柚花的香，却因开花的树所在山头不一，山坡与园地海拔的不同，小气候的差异，花香都各擅其美，十分微妙。

此外，还要讲究这棵树的年龄。譬如胡柚祖宗树的花，因为是百年古树花，花香更为绵柔，是持久的甘甜，其他五年十年的新树花，花香清新，后味却不那般醇厚。有一些经年老树，遇有虫害，花香是极尽甘芳的，却有一种瞬间拼力绽放的令人忧伤的美……如此这般，可供诸位参考。

我以前喝过一种茶，是以柚花入窨的白茶。常山的茶，是绿茶，似乎也并不怎么样的有名气。若是遇上灵魂有趣的茶人，喜欢花茶的，则不妨以胡柚花入窨，一层花，一层茶，又一层花，又一层茶。如此，上等新出的绿茶，与几座山头的胡柚花层层交错，让茶充分吸收花香。

这样的胡柚花银毫茶，品饮之时，一股沸水冲下，一股自然主义的胡柚花香便缥缥缈缈溢出，如梦如幻。我以前喝过茉莉花茶、桂花龙井、梅花正山小种之类的茶，若是以后，在常山也能喝到上等的胡柚花银毫茶，当可快慰我心。

说不定，到那时也会有人花巨资，想要包下一棵胡柚树的花香吧？

虽说不免有人如此豪气，但我想，胡柚树是不会答应的，它不会只想香给一个两个人。

而我则可以搬一只小板凳，在门前柚花树下坐了，一个人，仰头，闭目，深呼吸——然后，<u>丝丝缕缕</u>，细细盘它。

第九棵树

曾在夏天去看一片古树林。古树林在彤弓山。那真是茂密——樟树、枫树、苦槠树、椿树、槐树、松树，以及各种各样我无法识别的树，大的须数人合抱，小的也有近年村民新栽种的。这几百棵树里，以一株苦槠树最为古老，树龄约有八百年，被人称作"江南第一苦槠树"——但凡自称"第一"的，都可以质疑，但是在这里，是不是"第一"根本就不重要，苦槠树是不会在乎的。

村口的古树林通常是"风水林"，涉及一座村庄的运势，当然，这是习俗或者说是迷信，几百年来流传下来，村民信也好，不信也好，自有其内在的运行规律。这些规律包括，朴素的敬天爱人之心，简单的祈求平安顺利的美好愿望，以及对于这世界未知部分的敬畏之心，等等。几百年流传下来，得以保留的，不只是一座古树林，还有与之相对应的民风民俗，待人接物的淳朴善良，等等。

明嘉靖年间的《徐氏宗谱》，明确记载一条十分严厉的族规——凡有私自砍伐古树的，一是以"败族罪"论处，由族长亲自敲锣打鼓，公告将其踢出族谱序列；二是扭送官府，由官家治罪。这些族规，一直延续到今天，成为人人谨守的村规民约。

我想，这或许就是"相信"的力量。这种力量也跟树根的力量一样，在看不见的地方生长。一个村庄，如同一座森林，数千棵树，看起来毫不相干，但它们很可能会在高处，树枝与树枝握手，也有可能会在地下深处，树根与树根交流——我相信它们一定是有某种信息交流机制的。这座古树林，即便经历特殊年代如"大炼钢铁"时期依然能够幸存下来，必然是有一种源远流长的根系在发挥作用的。也许，这就是所谓的"风水"，这也是一个族群，得以持续稳固和发展的缘由。

一棵古树，就是一位乡贤。

怎样看待一棵树，其实是人的事情。人的内心越温暖越坚定，目光越明澈，就越能穿越时光，了解那些遥不可及的事物；也就越能看见，一棵古树与一群古树源远流长的好处。

古树不说话，古树只是在那里默默地生长。它用生长这种方式，耐心地实践着自己在世间的哲学。

这种哲学推己及人，就是树对人的熏陶与滋养。

有古树的村庄是有福的。

我跟小文相约，盛夏时节，去他树下的茶馆坐一坐，一起聊聊田里的事，聊聊城里的事。我也跟另外一些朋友相约，秋天到我们这个叫五联的村庄来。我们可以一起做很多有趣的事情，比如挥汗如雨获稻。当所有粮食颗粒归仓之后，我们还可以一起去看树。看杉树柳树香樟树，槐树栗树胡柚树。看沉默不语的银杏树，怎样用金黄哗啦一下照亮整座村庄。

世上红尘隔板桥

在鹫峰讲寺喝茶,与云龙老师、雪藏护法一起,听演德法师讲禅。

时间过去几个月了,当时讲了些什么已不太记得,但妙法堂窗外的翠绿山色,一直映在心间。

鹫峰讲寺,藏在黄岩县城北郊不远处的一座寺庙。云龙老师开车寻路前往,几乎在两三个岔路口都走错了。

一片田野。一片村庄。一条小溪。

村道亦不宽敞,弯弯绕绕的样子,问了路边挥锄劳作的农民,农民抬手朝山边一指:"一直往里头走就是。"

终于见到了,几乎是藏隐在村民房子中间的不起眼建筑。

一座小寺,平平常常,也不见有什么宏伟的建筑。一墙之隔:墙的这边是村民的三层小楼,墙的另一边就是方外的世界。

站在院子里,却有一股子静气。

"好地方。"我心想。

因为想起一句话,"高僧只作平常语,好书读来但觉闲。"

鹫峰讲寺，在山水佳处。

寺后翠屏山，由翠屏、灵岩、紫霄、六潭诸山组成，横列连绵；水有六潭，跌宕不绝。而眼前的小寺，院子中间，有两棵银杏树。

据南宋《嘉定赤城志》，"鹫峰院在县北七里，晋永和中建。"北宋治平二年（1065年）时，朝廷赐额"鹫峰寺"，可见当时的繁盛情形。明万历《黄岩县志》记，寺院有良田180亩，地12亩，山地90亩。

朱熹曾说，"黄岩秀气在江北，江北秀气在翠屏。"

翠屏山，一座文化名山。南宋右丞相杜范、明礼部尚书黄绾、晚清清献中学堂监督江青、民国时期黄岩县中校长吴文等人，都曾在此留下足迹和诗文。

出寺庙，沿田间小路上山。路边有橘园、田野，溪水潺潺。

沿小路往山中去，见一石碑，"黄岩县文物保护单位：翠屏山、灵岩、朱岩摩崖石刻"，立碑时间为1982年2月。

上山石阶连绵，拾级而上，不多久便到了"少谷峰"。此三字，乃是黄绾所写。

想方才在鹫峰讲寺，透过妙法堂的木窗，见后山一面岩壁之上依稀留有"石龙"二字。石龙，是黄绾的号。

黄绾官至南京礼部尚书，因病辞官归里，早先家住黄岩城内黄道街，后迁居于翠屏山下新宅，创办"石龙书院"，弘扬理学。

想来，已有五百年了。

一路往山上去，见有许多摩崖石刻，掩在草木之中。石刻斑驳，有的已然辨认不清。上山路上，章老师向我讲述了黄绾的故事。

明正德六年（1511年），黄绾结识闽南十才子、户部主事郑善夫（字继之，号少谷），两人结为好友。数年后，黄绾告病居家，郑善夫前来拜访。碰上大雪十余日，二人在翠屏山"昼伐松枝，夜烧榾柮，对坐剧谈尧舜以来所传之道"，或谈诗煎茶，抚琴而歌。

黄绾作诗《与继之紫霄夜坐》："夙志事幽尚，岁晚依山隅。同云翳丛木，积雪阻修途。良朋自何来，吊我形影孤。深树彻永夕，寒气生茅苏。哀歌坐待旦，海曙林猿呼。"

郑善夫离别之际，黄绾写下《赠少谷出山》："行路待朝晞，雨雪坭途泞。矫首望风鹤，飘飘远逻迤。孤鸣入烟霄，遗音堕清听。执手重踟蹰，青阳望还骋。"

二人相约来年再会。

然而，郑善夫在赴任途中，受寒得病，不幸去世，时年三十九岁。黄绾得知噩耗，哀痛不已。他又写下《少谷亭怀郑子也》：

伊若人兮不可疏，今胡之兮亭翼如。岑高高兮云舒，望不来兮愁予！伊若人兮闽海，今何逝兮隙驹不待，日落西山兮紫芝谁采？伊若人兮怀之长，今不作兮斯人荒，悲独立兮我发霜。

翠屏山的石壁之上，还刻着这几首诗。

山上摩崖石刻约数十处，大部分都是黄绾所题。只是字迹漶漫，许多已然辨认不清。然，这样的故事实在令人赞叹。

留在石头上的字，历经数百年风雨，仍有可能磨灭消亡，而山高水长的情谊，世间稀有，也唯其如此，被人永久怀念。

现在的翠屏山，林木葱郁，山色空蒙。更好的是，这里宁静，有如世外。

山上还有一处灵岩石洞，在悬崖峭壁之间，号称"小有空明"，南宋贤相杜范少年读书的地方。

那次在黄岩,正巧遇上话剧《南宋第一贤相》的首演。我在宁溪品完糟烧,马不停蹄赶至县城欣赏了演出。

"杜范(1182年—1245年),字成之,号立斋,黄岩人。1244年任右丞相兼枢密使。因不屑与权奸共事,曾五次上表辞官。理宗深知其才,遣中使挽留,下令皇城诸门不让出城。太学诸生纷纷上书留范,严斥史嵩之误国。1244年12月,理宗授杜范为右丞相。此时,蒙古军大举入侵,杜范调兵遣将,解合肥、寿春之困。居相位80天即逝,赠少傅。墓在黄岩宁溪牌门村。"

杜范少时读书的地方,灵岩洞前,可以看到黄岩县城之景。此时,洞口有砖瓦平房一间。据说数年前,尚有老僧于此独居,今老僧亦不知何往。

志书记载,洞的上方有朱熹手书"寒竹松风"的摩崖,洞两旁的岩壁上有黄绾《小有吟》七十三字、《石室》三十字摩崖。《石室》诗记杜范洞下读书事,现字迹剥蚀难辨,已不复见。

山下的杜家村,为杜氏家族聚居地。后来,因避元兵之乱,杜氏族人迁出外逃,村中没有杜姓了,但杜家村的村名,一直沿用下来。

我们在洞前停留。山风习习,周身一爽。想着这一条山路,穿深林,过石壁,旧时的读书人布衣青灯,守在这山中,当有多么的清静。偶尔下山,秋山簌簌,满径落叶,又是何等景象。若是冬日,雪落山中,天地一白,师生诸人守在山洞之中,围着篝火煮茶读书,或就某些具体问题展开辩论,其时山中何寂寂,大雪压枝低,又是何等景象。

"怪岩摩足力,空谷答人声。"

这样的山道上,走过多少读书人?

朱熹讲学,也一定走过这条山道吧——南宋淳熙年间,朱熹到黄岩,游历委羽山,经好友推荐,接受杜烨、杜知仁邀请,在翠屏山讲学。樊川书院,便是南宋的杜烨、杜知仁所建。

在此，朱熹广收门人，其中黄岩著名学者有赵师渊、赵师夏、赵师雍、林鼐、杜烨、杜知仁、杜贯道、池从周等人。

从此，黄岩文风蔚然，科举登榜者众多，仅南宋一朝，黄岩籍进士就达182人，赢得东南"小邹鲁"之美誉。

下山，在鹫峰讲寺休憩、喝茶。

雪藏老师是黄岩航运管理部门退休职工，热爱文史，热爱家乡，执着于乡土文化传播。她费心收集资料，写下许多文章，为当地留存了颇丰富的社科文献。她的《翠屏山古迹考》一文，为我们此行登翠屏山提供了许多参考。

鹫峰讲寺环境清幽，坐在妙法堂内，觉窗明几净，满目青山。想起刚才下山时，遇一瀑布自数十米高的悬崖垂挂而下，飞玉漱石，水声哗然。潭边有数位村妇，在此浣衣。这日常生活的场景与悠然世外的景象合而为一，使人恍惚以为，这里便是真正的桃源。

此时，瀑布水声仍在耳边回响。

打坐，静静感受，又能听到水声之外，有风过竹林之声。

匾额上的"妙法堂"三字，系天台山允观大和尚所题。另有一幅古画《释迦牟尼佛说法图》，凝视良久。凝视既久，则水声起，风过竹林之声亦起。

同行的云龙老师，与雪藏老师相识甚早。诸位也在妙法堂里席地而坐，或翻读经书，或凝神静气，听水声风声。

读书一事，恐怕千百年来如此——既清苦，又满足。

山上的灵岩洞也好，山下的石龙书院也好，山上的密林幽径、流泉飞瀑，山下的田野人家、炊烟红尘，不过都是外境，是一个物理空间。身外之境如此，而心内之境如何？

读书人，又当有怎么样的一个心内之境呢？

同行的雪藏、云龙老师，也默然不语。时尔翻书，时尔抬头望向妙法堂窗外的无尽山色。云龙老师也是地域文化的有力书写者。若干年来，他踏访家乡的山山水水，角角落落，写出了数以百万计的文字；著有一书，《品读黄岩》，纳黄岩地域的万千气象于一炉。我得以拜读过他的大著。在《品读黄岩》书的扉页，有一句欧里庇得斯的话：

出生在一座著名的城市里，这是一个人幸福的首要的条件。

起先我还不解，等到与他一起爬山，又翻阅了他的许多文字后，方才明白，这是他在婉转表达自己对故乡的爱。

黄岩这个地方，就是这样的山水佳处。黄岩的岩，是一块石头，永宁江里的一块石头，黄岩的地名就来自于这块石头。然而，我却觉得，那应是一块"灵岩"。

江上云起，岩树花开。

朵云书院落在黄岩，也一定是有可以追根溯源的缘由的。这缘由，也许就来自于樊川书院、石龙书院、灵岩洞这些地方，来自于这些地方的风声水声和琅琅书声。

后来，我们去访委羽山。

黄岩人陶宗仪《南村辍耕录》记："吾乡台之黄岩有委羽山，山旁广而中深，青树翠蔓，荫翳蓊郁，幽泉琮琤，若鸣佩环于修竹间，千变万态，不可状其略。"

委羽山洞，为道教第二大洞天。道教命名该洞天为"大有空明之天"。洞前宫观，为"大有宫"。

这时候想起，半日前去的灵岩洞，被称作"小有空明"。乃是相对于城南委羽山洞之"大有空明"而言。

我与云龙老师一起到大有宫山门，永明子道长仙风道骨，出门相迎。又向我等介绍宫内事物，如雷祖殿前的小方井，名曰瑞井。井边有老树。里面还有一口井，名曰丹井。井水清洌，四时不枯，相传古时为真人炼丹所用。这两口井，至今仍有不少人来取水煎茶。

这个宫殿式建筑群，有几个四合院落相互连接，高低错落。穿行其间，一会儿就不辨东西了。印象里，建筑也好，陈设也好，都是有些灰暗的。可能跟天气或光线有关，也可能是跟时间有关。此宫始建于南梁，历经风霜，自然是有些灰暗的，或者说是暮色沉沉。然而，这灰暗我却是从心里喜欢。怎么说呢，自有一种"侘寂"之美。这"侘寂"简单一点来说，就是旧色。

用旧了的东西，总让人觉得放心。

转过三清阁，山体中便有一洞，羽山古洞。洞口一人多高，最宽不过丈余，洞内冬暖夏凉。古时传说，有人拿着两箩筐蜡烛探洞，蜡烛烧完，依然未抵洞之尽头，只是听得摇橹声，水声哗然。没有办法，只好原路返回。

据说，此洞可一直通到东海龙宫。

走了一圈，与云龙老师一起，和道长闲坐喝茶，翻书。有一首《题委羽山》，传为谢灵运所作，诗曰："山头方石青，洞口花自开。鹤背人不见，满地空绿苔。"

茶是旧的好。洞也是旧的好。绿苔显然也是旧的好。

旁边还有一间书画室，见章容明老师画梅花。

我的作家朋友王祥夫小说写得好，梅花更是画得好。他说古人品花，梅为第一品。有一段时间，我见他天天都画一树梅花。有时一枝，有时两枝。天天画，可见他独爱梅花。真梅花痴也。

王祥夫认为梅花应该小，瘦瘦小小，才见风致。他尝见有的画家画大幅红梅，千朵万朵拥挤在一起，像是着了火。其不得梅花之真趣也。他对梅花的看法，我自然赞同。我写过一篇文章，《陪花再坐一会儿》，祥夫则说他要"陪梅花再坐一会儿"，且只希望是一株，最多两株。

梅就那么静气地开着，他就那么静气地坐着。

我看见章容明老师画梅花，就想到了王祥夫的梅花，还想到了汪曾祺文章里也写过："山家除夕无他事，插了梅花便过年。"

唐寅也喜欢画梅花，他说："对酒不妨还弄墨，一枝清影写横斜。"

梅花，自然也是旧的好。

离开委羽山时，得赠一册《委羽山志》。

据说不久的将来，委羽山将建成一座道文化主题公园，重建委羽十二景，再现委羽山昔日的仙灵之姿。这是一件好事。

然而我心里想的是，还是要尽量地维持一点它的旧色才好。

出山门，驱车离开。想到唐寅题画诗中有一句："白云古寺自前朝，世上红尘隔板桥。"

最喜他这一句——世上红尘隔板桥。

茶也是桥，书也是桥。

野外的事情

一

手边有一本杂志,整本都讲野外的事情。这个意思看起来,是说现在大家都不在野外,离野性很远了。"脱离城市的光影声色,去人迹罕至的地方感受自然",再不野,你就老了。

在野外,生活或者工作,会是一件有意思的事情吗?摄影师 Alex 去过各种遥远荒僻的地方,在星空下野营,事实上,他在野外生活,也在野外工作。在路上带给他自由的感觉,不断地从一个地方移动到另一个地方,不被束缚,也不重复,这很有新鲜感。对一位创作者来说——对了,Alex 是一名摄影师——抓住一天中的第一缕阳光太重要了。工作的时候,他会早早醒来,拍完照片,然后回到室内进入案头工作,他会处理邮件,编辑图片,同时研究下一个拍摄地。

这种工作与生活的平衡,让人羡慕,同时或许也会让人觉得有些难以掌控。有时候,你依然需要建立起一种计划性,或形成某一种规律,以便自己不陷入那种动荡的感觉中。我不知道他是怎么对付在路上时不安的情绪的。但是对我自己来说,多年的媒体工作经历,使我养成了一种不管如何嘈杂的环境中都能专心投入工作的技能。打开电脑,一个字一个字地在键盘上敲打出文字,这令人心思聚一。我甚至有点喜欢在咖啡馆里写作,只要周围都是陌生人就好。我特别害怕熟悉的人在我身边转悠,那样的话,我会一个字都写不出来。当然,我也喜欢在森林中写作——我看到过许多国外作家有一间"林中小屋",比如梭罗,他们独自走进林中小屋,在那宁静的空间里写下许多作品。

建筑师朋友赵统光,似乎洞见我深藏于心中的梦想,他画了一张草图,我一看而大为惊异。他画了一个林间小屋,搭得高高的,像一个鸟窝,需要借助楼梯才能爬上去;小屋隐身于树林枝丫间,狭小仅可容一人之身;小屋有窗,窗外用绳子系着一个竹篮,需要什么东西时可以用竹篮提上去。统光问我——这是你想要的那间林中小屋吗?老实说——我挺向往的。

二

大概两年前,国内一家专注于自然保护的基金会,邀请我去几个自然保护区驻留、观察和写作。当时我认真考虑并做了计划。后来终因其他原因未能成行,但内心对于孤守森林草原溪流这样的事,依然产生诸多想象与期待。

有一年深秋,我在四川阿坝州茂县九顶山山脚住着,听猎户讲九顶山自然保护区的故事,比如他讲从前猎人们如何在山上做绳套,以及怎样通过粪便等蛛丝马迹来识别动物。

"打猎的晚上,我们住岩窝子……山上老下雨,火药枪淋湿就打不响,还是做绳套管用。林麝和马麝是首选猎物,因为麝香能卖给供销社,管钱;动物肉自己吃,或是拿到县城卖,可也背不动那许多。山里路太远,只能熏烤成干肉再背回去。一两麝香能卖四十多元,一斤肉才卖几角,不管钱。"

"做绳套啊——下套之前,用三四天时间踩山,看动物出没的地方。麝子会在树桩上擦痒,那儿有脚印,也有粪便。每种野兽的脚印都不同:斑羚的脚印大,两个蹄子岔得宽。马麝的脚印比斑羚小,分岔也窄一点,两个趾后面还有两个小子蹄。林麝脚印比马麝脚印还要小。"

"……也能看粪便。斑羚的粪便,跟家羊差不多,一粒粒散在地上。马麝的粪便小得多,黄豆大小,但比黄豆长。林麝就比马麝的还要小一些,长一些。公子(雄麝)的粪便,又大又圆,母子(雌麝)的就没那么均匀,光泽度也差……还能闻,公子的粪便有麝香,母子的没有香。"

"斑羚、毛冠鹿、小麂、林麝和马麝,有固定的地方排便,叫粪塘子。我们就在粪塘子下绳套。它们走过的路上,也可以下套。套子用树叶隐蔽,一点痕迹都看不出。麝子来了,一脚踩下去,哗啦,十有八九都能套住。"

听老猎人讲这些事,我听得入迷,请他慢慢讲,我细致地记录。

老猎人叫余家华,后来设了保护区,他也不打猎了,改行做自然保护,一心一意保护野生动物。大雪封山时,他也背上登山包,全副武装,跟几个伙伴一起去巡山。

"巡山的时候,我们住在海拔四千米的岩窝子里,晚上出来一看,哎呀,天很蓝很蓝,说不出的蓝。满天都是星星。我们面对篝火,喝酒,唱歌。"

他说,晚上能听到斑羚在不远的地方叫,"喝儿——""喝儿——"。猫头鹰,发出"呜呼——""呜呼——"的叫声。这声音,让大山显得更安静了。

他又说，半夜里，起雾了，整个九顶山雾蒙蒙的，就像在仙境里一样。

三

有一部日本电影，《哪啊哪啊神去村》，矢口史靖导演2014年的作品。

废柴青年，吊儿郎当的，结果去一个偏僻的连手机信号都没有的深山里当了伐木工人，开始了为期一年的小村生活。故事情节其实很简单，但是影片把人与自然、大山的关系刻画得很好，故事线之外，随处可以听到自然界的水流声，鸟兽的鸣叫声，山林的风声雨声，在这样悠缓的节奏里，慢慢流淌出人们对大地山林的敬畏之心。

看完，会觉得这是一部很有意思的冷门电影，虽拍的是林业工人这个职业，却把平淡的职业、日常的生活拍得唯美又令人向往。同样，有一部《小森林》，也让人觉得小村庄里的四季生活是那样令人愉悦，劳作，取食，人们说话做事，都简简单单，慢慢说来做来。

有天深夜，著名编剧海飞给我发信息，问有没有打算把"父亲的水稻田"这个故事拍成电影，"一部类似于《暖》或《那山那人那狗》那样的影片"，不需要强烈的矛盾冲突，但是很唯美，把中国乡间的日常劳作与生活呈现出来。

我当然想。我也期待着这样的机会。

这几年，在乡下种田的经历带给我许多美好的体验与深沉的感受。人在自然之中劳作，有更多机会回归自己内心。我也在这样的劳作之余，以文字和摄影去记录，使我拥有比稻谷本身更丰富的收获。

有时我会阅读几本自然文学的书，比如亨利·贝斯顿在科德角的海边写下的《遥远的房屋》；比如梅尔在普罗旺斯写下的《普罗旺斯的一年》；比如约翰·缪尔在内华达山写下《夏日走过山间》；比如约翰·巴勒斯在哈德逊山谷写下的《醒来的森林》。

我相信在跟大自然静寂独处的过程中，能感受到更多灵性的瞬间，也能听见小鸟与虫子们悠远的鸣唱。

四

在浙江开化古田山保护区，于幽寂无人的山路上漫步，也有过一丝念头：如果把我丢在这里，一个月或两三个月，我会如何度过？

使我产生这样想法的机缘，是与一位自然保护站的年轻人聊天，他二十出头，在这大山深处工作。我对他的生活状态很感兴趣，毕竟，大学毕业，从繁华喧闹的城市生活一脚踏进深山沟里，深夜连一个说话的人都没有，能不能适应呢？一个又一个冷清的夜晚，又是怎样度过的？

如果，在这里拍一部电影，就用安安静静的镜头，拍一个年轻人在这里的工作与生活，是不是也会成就一部《哪呀哪呀神去村》那样的电影？

我认为那会是个好题材。海飞先生，或各位导演，你们不妨也考虑一下，一起到古田山来住几天，感受一下吧。

古田山上有座庙，要走很远很远的山路才能到达，那是一条古驿道，现在野草欣盛，早已湮没久远时光里的屐痕。但是山上庙里依然香火不断，我很感兴趣，不禁想，到底那庙里住着怎样的高人？

高山上，庙里的时光，应该会更加清寂吧。

天快黑了，窗外的山林披上幽蓝的外衣。

稷山记

戏养神

山西稷山。金大定之年。

段氏家族的府邸中灯火通明,竹笛声声,丝弦悠扬。

此时,杂剧在北方日渐风靡,尤其在段府,老少皆喜欢杂剧团的演出。段家以药膳为主业,悬壶济世,富甲一方。这一回,正好要给老人家祝寿,小辈们便请来了杂剧团,要在府中连演七日。

段府的戏台早已布置一新,背景是绣有山水楼阁的巨大帷幕。红地毯铺向了舞台中央。戏台正对面是观众席。正对戏台的二楼,是供段家的闺秀们看戏的专座,椅子上的柔软锦垫闪烁着金光。戏台正对的一楼,在观众席正中有一对宝座,专为段家老寿星所准备;围绕宝座的四面,是一排排木椅,可供族人们及乡邻们观戏。

随着三下鼓声,观众的闲谈之声逐渐安静,灯火也暗了下来,只留下舞台上两盏明亮的灯笼。

一时之间,浓妆艳抹的演员逐一登场。演员软巾诨裹,穿长衫,束腰带。他们是副净,插科打诨、制造笑料的滑稽角色。

今夜上演的杂剧是一幕滑稽戏,叫《锦上花》。故事讲述了一个公子与平民女子的爱情故事。公子为了追求心中所爱,不惜与权贵为敌,平民女子也跟公子联手,跟权贵斗智斗勇,原本不可一世的权贵,被戏耍得团团转。这个故事不由令段家老少捧腹不已。

戏班子很全——伴奏有大鼓、腰鼓、拍板、竹笛诸般乐器,奏者或坐或站,皆戴幞头,并簪花。簪花这个习俗,金代已盛行,可以想见台下坐着的观众诸人与寿星诸位,也都齐齐在帽檐簪花。

好一个喜庆的夜晚!演出结束,掌声雷动。段家的家主搀着老寿星一起上台,给演员们赏赐金银。

这一幕看戏的场景,是我在进入全国重点文保单位——稷山马村金代砖雕墓室中时,在脑海中想象的画面。这是一组豪华大墓,稷山马村的金代砖雕墓——十四座保存相当完好的段氏家族墓,在一九七三年被下地锄草劳作的村民偶然发现。于是,覆盖在层层黄土之下的一个华丽的世界,被这样被打开来。

最初发掘时,墓室并无墓志铭。直到考古人员打开编号为 M7 的墓室时,一块嵌在墙上的"段楫预修墓记"砖刻,出现了明确的年款,释放出了墓主的信息。

> 夫天生万物,至灵者人也。贵贱贤愚而各异,生死轮回止一,予自悟年暮,永夜不无,预修此穴……大定二十一年四月……

据此推断,整个墓群为北宋晚期至金大定二十一年(1181 年),其中 M2 为最早,墓主段用成,为段楫的曾祖父。段氏家族陆陆续续用了几十年,安葬了四代段氏。段楫,字济之,改颢字。段楫预修其墓,寥寥数字,却将自己的生死观和盘托出,可以看出此人的世事通透、唯物豁达。段府家境殷实,能人辈出,这与他们历来注重文化与教育有莫大关系。墓中室壁还刻着"段祖医铭"与"段祖善铭""段祖伦铭"。

  段祖医铭：万物有吉也有凶，万物有凶亦有吉，万药养人亦伤人，万药救人亦毒人，人食五谷染百病，世间万物可疗疾。
  段祖伦铭：和家，睦邻，容人。
  段祖善铭：孝养家，食养生，戏养神。

  好一个"戏养神"！
  马村砖雕墓内部，在精致华美的砖雕艺术中，戏剧的内容成为最为重要也最为精彩的内容。
  这些砖雕，呈现了段氏家族生前居室的布局样式，一般多为前厅后堂、左右配置厢房的四合院结构，四壁下部砌束腰须弥座，雕飞马、奔鹿等兽，刻工精细。其中一座墓室的砖雕，有一组生动的戏剧形象——总共四人，其中二人都作官员装束，戴直脚幞头，穿圆领宽袖长袍，腰中束带，一人执笏，好像是坐着在审理案件，另一人则站着向他说话。还有两个人物，其中一个，手执一大板，目视官员，似乎正在受审；另一个则手执竹竿，竿头系绳，绳上吊着一个椭圆形物品，在空中摇动。有专家认为，这四个演员有坐有站，有前有后，神情生动，很有故事张力，正是在表演杂剧无疑。
  另一组砖雕，其中还有一女子，从半掩着的朱红色大门后探头观望。门掩半闭开，探头身未出，这一日常生活场景极是生动，既平常，又不凡，女子所居的建筑场景，仿佛就是墓主人的生前庭院。而女子两旁则各有一块砖雕，也是戏剧演出的场景。
  砖雕中，呈现出许多四合院的生活场景。正北有门楼，正南有戏台。仿木构的砖雕斗拱飞檐，门窗、围栏，皆十分精美，可以看作当时建筑艺术的缩小版。在这样的四合院里，喝茶、宴饮、看戏，仿佛一道道寻常的生活场景正在进行。

虽然，今天的我们没有确切的资料，来构建金大定年代山西稷山县段氏家族的日常生活场景，但我们依然可以凭借这些砖雕，想象一个可能的画面。

墓室，原来会觉得气氛阴森可怖，而正因为有了这些烟火气息浓厚的砖雕，使人觉得并不那样的沉重阴森。

视死如生，这一思想在中国古代的墓葬文化中非常深入人心。这一思想源于古人的天人观念和生死观，他们认为，人死后仍然存在于另一个世界，那个世界与生前的世界既有联系，又有区别。为了在另一个世界里生活舒适无忧，人们在生前，就开始为另一段生活做尽量详细和精心的安排。

段氏族人也同样如此。这些精致的建筑，呈现了优越舒适的物质生活。一幕幕看戏的场景，则再现了自在、快乐的精神生活。

有这样的另一个世界在前方接候，人们对于死亡，还会有什么恐惧吗？那是一个美好的去处啊。

怪不得，段祖会留下了祖训——戏养神。

感谢戏剧，在八百年前就为段氏族人们带来了实实在在的快乐，并为他们的身后世界创造了一个美好的佳处。

从北宋的杂技、说唱、歌舞里脱胎而出，在金代兴盛，到元代成熟——杂剧这样一种戏剧形式，发展到金代，已经成为有固定情节、角色与结构的节目，内容也丰富多彩，从神话传说到历史故事，从日常生活到宫廷斗争，都呈现在了小小的舞台上。在北方大地，杂剧受到了人们的热烈欢迎。

随着金兵南下，许多北方艺人也迁至南方，将杂剧带入了南宋。在南方，杂剧与当地的艺术形式相结合，渐渐形成了具有南方特色的演出形式。

我之前在写作《德寿宫八百年》一书时，发现在德寿宫的高墙深院，也经常有杂剧的演出。德寿宫，作为南宋皇宫的重要场所，经常举办各种文化和娱乐活动。杂剧内容丰富、形式多样，深受宋高宗赵构的喜爱，看戏成为他退居德寿宫之后的重要文艺生活。

且说回头——当我在稷山马村看到这些戏剧题材的墓室砖雕时，甚是兴奋，仿佛看到八百多年前，一群戏剧的忠实爱好者，正沉浸在文艺的氛围里如痴如醉。

那些演戏的伶人、伴奏的乐队，妆容鲜明，表情各异，演绎一出出动人或滑稽的故事。而那些看戏的人，正将自己的情感与一生经历投入虚构的戏中，与戏中人同喜同悲。

一出戏，不仅仅是一种艺术和娱乐的方式，其实也在悄然地塑造一个时代、一个地方的心灵和文化。对于段氏族人来说，他们努力经营生意，精研医术，造福一方，也创造了富足尊荣的生活；同样，他们也在追求美好的精神生活，追求欢乐与自在。戏剧，恰好成为了他们追求这种生活的道路。

对于一种生活的热爱，是生之享受，也是死后的寄托。

怪不得，段祖说，"戏养神"，并且要把这一条作为祖训，让后世的子孙们都铭记——不仅铭记和家、睦邻、容人的处世原则，也要铭记孝养家、食养生、戏养神的生活秘密。

"戏养神"，神安在？

"神"是心灵啊，戏曲给予人们的，正是对精神和心灵的滋养与安慰。文艺的力量如同黄河之水，所到之处，大地滋润，万物生长。即便是在一个充满战乱，充满不确定性的年代，文艺也让人暂时忘却生活的疲惫与压抑，去思考生命和自身的价值，更好地投入当下的生活，同时，它也让人在动荡的生命里，寻找到宁静自在，从而安放自己的身心。

听说，段氏家族兴盛近三百年。直至外敌入侵，段氏族人不堪官索夷掠，选择背井离乡，逃离故土。先祖的墓葬群被留在黄土之间，终于湮灭在千年的时光里。

时至今日，人们的生活方式，已然发生巨大的变化，但人们对于艺术的热爱和追求从未改变。那些古老的砖雕，仿佛是穿越时光的使者，默默地告诉世人——无论时代如何变迁，人们对生活和艺术的热爱永远不会消失。

神之兽

貅。很多时候，貔和貅并没有严格的分别，人们把它们看作是同一种神兽。不过，又有一些人认为，貔代表雄兽，貅代表雌兽。仅仅因为性别不同，各自就有了不同的名字，这种动物也很有意思。有一天，貔和貅得罪了天帝，被罚到人间。作为惩罚，它的肛门也同时被封闭，因此它只能不断地吃，而不能排出任何东西。这也是为什么它常被视为招财的吉祥物的原因。"口吞四方之财，肚藏天下之宝"。貔貅因为某一种生理的缺陷，反而获得了神奇的功能，它也因此得到天下人的喜欢和崇拜。貔貅的形态比较统一，龙头、马身、麟脚，额下有长须，两肋有翅膀，会飞，且凶猛异常。现在较为流行的形状，是头上有一角或者两角，全身有长鬃卷起。有些还有双翼，尾毛卷曲。真是瑞兽啊！人们赞叹道，并且把貔貅摆在重要的地方。

独角兽。西方的神话里，独角兽像是一匹马，额前有一个螺旋角。这匹马代表高贵、高傲和纯洁。有的故事中，独角兽不仅有一个角,还会有一双翅膀,类似于天马。天马行空。在中国古代的神话里,比如说,《山海经·北山经》记载,䑏疏,就是东方独角兽的一种。这个䑏字,读作欢。明代许仲琳撰写的《封神演义》可谓天马行空,类似于今日的网络小说,其中,根据明末刻本《全像封神演义》的描绘,有一种独角乌烟兽,不但具备普通神兽立行千里的能力,还能在战斗中喷烟瞬移。这种独角兽看起来也像是一匹白马,尾巴如狮尾,头上长有一角。今天的人们,尤其喜欢独角兽。当人们这样说的时候,一般指的是一种企业:成立不超过十年;估值超过十亿美元,少部分估值超过一百亿美元;它们不仅是市场潜力无限的绩优股,而且商业模式很难被复制。如果说,"你太牛了"还不够的时候,或许还可以说,"你太独角兽了"。

麒麟。它外貌出众,俊秀异常,身体像鹿,脑袋像龙,头顶一对龙角,尾巴像牛,全身覆盖着彩色的闪闪发光的鳞片,而且还会喷火,简直叫人惊叹。《山海经》记载,昆仑之虚,方八百里,高万仞,那里是百神所在,守门的神兽叫开明兽。开明兽,也就是麒麟。麒麟守护百神,它既拥有兽类的力量,又具备神的神秘威力,"神兽之长,兽类之神"。至今,人们都知道麒麟,是一种吉祥的动物,可以为人们带来好运和幸福。有一位演艺明星,把自己的儿子也起了这个神兽的名字,这也说明,麒麟基本上是一个让人喜欢的神兽。

鳌。神兽鳌,在一次巨大的意外事故中发挥了关键性作用。水神共工与火神祝融比划,水神败之,一怒之下,将世界之柱不周山撞倒。于是天地塌陷,人间陷入灾难。此时,补天的那个女娲娘娘,"断鳌足以立四极",将天地撑住。可怜那鳌,用自己的四足,撑起了天地,谓之顶天立地。鳌的形象,有的说是龙首龟身,有的说是龙首鱼身。总之,鳌的头,就是龙的头,是特殊的部位。唐宋时候,皇宫城墙和街道上,刻有鳌鱼的图案,凡是在科举中第的进士们都要到御阶之下依

野外的事情 | 191

次迎榜。而最为荣光的状元，此刻就站在鳌头的位置。因此人们说"独占鳌头"，就差不多是冠军的意思。

黑狸虎。大元帅赵公明的坐骑，说的是赵公明驯服黑狸虎的故事。这个黑狸虎，威风凛凛，刚好碰到赵公明，被其收服当为坐骑。

梅花鹿。《封神演义》中，燃灯道人（即佛教的燃灯古佛，也叫定光佛），他的坐骑就是梅花鹿。《封神演义》书中的四名人物——燃灯道人、南极仙翁、文殊广法天尊、赵江都以梅花鹿为坐骑。梅花鹿虽是神兽，现实生活中也真有，我们看见梅花鹿，觉得真是俊秀，甚至比麒麟还要亲近一些，麒麟这个神兽只可远远想象，梅花鹿却可以亲近触摸。

貘。《说文解字》中记载："貘似熊，黄黑色，出蜀中。"貘在古人眼中，甚是诡异凶猛，相传它胃口大，吞铁如泥。形象呢，背部灰白色，头肩和四肢均呈黄色，尾巴短鼻子长。后人还有说，貘专门吃梦。以梦为食，吞噬梦境，也可以使被吞噬的梦境重现。吃梦的动物，这个最是奇幻，不知道吃梦能不能吃饱？

山西稷山。北阳城村。六月。

这一天，狴、独角兽、麒麟、鳌、黑狸虎、梅花鹿、貘，神兽们都来齐了。

它们身形巨大，气势威武。它们的现身，带来了远古的气息，似乎让人一下子与上古时代的神兽们接通了气场。

锣鼓震天，一声一声的锣鼓，是神兽们行进的鼓点。那些神兽身形之巨，体态之高，足以令周遭之人仰望。毕竟是神兽啊。且看，还有人骑在高高的兽身上，他们画着诡异的妆容，手持各样的武器，如宝剑、神鞭、法器等。

神兽们是在北阳城古砖塔旁走动的。这些古老的兽，令我肃然动容。原来在北阳城这样的土地上，人们还留存着远古的记忆。这些神兽，难道不是来向我们传递信息的吗？

这是一个朴素的村落，阳光热烈，村庄也陷入古老的沉默。北阳城村的选址，是较为平坦的台地，东侧是沟壑，沟壑里有一条天然的李铁河。

李铁河，一条干涸的河。

黄土高原，到处都是灰扑扑的样子，沟壑沧桑，和"高跷走兽"一样都是远古的样子。"高跷走兽"现在是"非遗"，国家级的非物质文化遗产。作为一项传统的民俗文化，高跷走兽盛行于清朝雍正初年，出现在规模盛大的庙会活动中，经久不衰，至今已有三百多年的历史。我却觉得，这种神兽至少已经在世间流传三千年。

高跷走兽的表演形式，是由两人表演连体高跷，人与兽巧妙组合，精心装扮。观看高跷走兽，观看的是神兽，而真正的要义，是欣赏表演者的脚步节奏。他们是按照曲牌节拍行走，两个骑兽者配合默契，步伐一致，表演者与锣鼓、花鼓等辅助配乐者配合密切，敲出了震天的气势，神兽也踩出了震天的气势。

神之兽的到来，完全将我们震撼。

当我仰望那些巨大的神兽时，仿佛可以听到远古时代的风声与水声，还有电闪与雷鸣。

我想，若在南方，见不到这么原始、粗犷和富有野性的非遗节目，仿佛携带着人类祖先对于自然界的敬畏与精神的秘密。

黄土高原上，世代的居民为了生存，与大自然进行着持续的博弈。他们在这片土地上播种与收获，繁衍生息。"高跷走兽"似乎就是这片大地的子民为了应对恶劣环境，为了与自然之神力抗争，而创造出的一种神祇般的仪式。它是人们心中对力量的信仰，也是人们对希望的寄托。

每当庙会举行，村里的男女老少都会聚齐村头，迎接这些神兽的出现。

"高跷走兽"不仅仅是一个表演，更像是一个仪式。它激起人们对古代神话的记忆，唤起了对先祖的尊重。在那些简单但富有力量的舞蹈中，正蕴藏着古人与自然、与神明的沟通。

演员们负重，脚踩高跷，看起来像是骑在神兽之上，真相其实是，他们正背负着神兽的全部力量。

这是一种神奇的隐喻——喧天的锣鼓声中，那些神兽如同活了过来。它们威武雄壮，正似古老神话中的神灵，游走在世间。而当你仔细观察，你会惊讶地发现，其实是演员们正背负着这些巨大的神兽——他们踩着高跷，让神兽与人的身体合二为一，共同演绎了这震撼人心的场面。

在一个小时后，我在村中漫步，忽然迎面走来一个上身赤膊、脸上涂着油彩的村民。我突然醒悟过来，他就是刚才高跷走兽的表演者之一。我连忙举起相机，拍下了他的身影。他和我挥手，对我的拍摄热情回应。近前发现，他满头满身，都是汗水。

真不容易。

在这片古老的土地上，高跷走兽成为了一个朴素又神圣的仪式，接通当下与远古的记忆。而那些表演者，他们本身作为本村的村民，作为这片土地上的记忆的见证者和传承者，却面临窘境。

村民说，目前北阳城村的"高跷走兽"表演者，主力是五十岁左右的村民。但是，能够表演的村民人数在不断减少。

一方面，固然是由于走兽道具不能够被轻易驾驭，这是非常有难度的一项技艺；而另一方面，则是这项表演的收入甚微，越来越多的村民离开了村庄。

这是大地上许多村庄共同面临的难题。村民在离开，许多古老的村落也在消失，那些凭据着村落传承千百年的文化记忆，也不得不面临着变化与消逝的过程。

神兽们——貅、独角兽、麒麟、鳌、黑狸虎、梅花鹿、獏——此刻，它们已被卸下，堆放在某一个庄重的场所。表演者们需要去洗脸、洗澡（如果这里不存在用水困难的话一定会去洗澡，汗水太多了），他们卸下油彩，回到日常生活之中（要进城去拉车，当搬运工，或者在建筑工地上砌砖）。

只有在某一些时刻，神兽们，将会唤回他们。

枣儿谣

山西稷山。六月。

枣花香！

那么多的枣树——古老的枣树：在稷山国家板枣公园，树龄一千年以上的枣树居然有一万七千五百余棵。这样的板枣古树群，天下少有。想想看，穿梭枣园中，随处都是唐、宋、元、明、清以来遗留下的枣树，花开千年，果挂千年，岂不叫人赞叹。

小火车穿越枣林，一路发出叮叮当当的声响，清新的枣花香随风飘散，淡淡而馥郁，宛如穿越时空的信使，将那古老的清香带给进入这片土地的旅人。

然后，我们就听到了一阵热烈的鼓声，伴之以激昂的劳动号子——"石头旋顺井中间，枣木腿儿站四边；四把月子木轴挂，八只柳罐分上下；井台四边四壮汉，羊肚手巾好打扮；乌黑裤子白褂褂，圆口布鞋白袜袜……"

这是古井浇园的劳动号子。当夏季来临，旱情加重时，枣园里的一口古井便成为浇灌枣树的主要水源。人们借助辘轳和水罐,将深井下的清泉提上来,浇灌滋润干燥的大地。与这种繁重的体力劳动相伴的,便是浇园的劳动号子。

园中古井,名"甘棠井",至今出水清洌。当水罐提上清泉时,我们不禁掬一捧水俯身就饮,其味甘洌,不愧叫"甘棠"之井。甘棠,就是棠梨。"甘棠"井名字的由来,据村民说,是为颂扬离去的地方官爱民德政。明代万历年间,稷山知县刘三锡,在此破皇禁,凿水井,解除枣园的旱情。崇祯年间,为纪念此事,知县薛一印为甘棠井建亭立碑,写诗赞板枣:"江南橘绿日,塞北枣红天。色岂经霜老,味从戴露鲜。既嗟驰荔苦,还得赐樱偏。处处赤珠满,催租了半年。"

连续数日,我们在稷山大地行走,见到很多农业的故事。最早,是说在四千多年前,后稷姬弃在稷山汾河岸畔、稷王山麓,树艺五谷、教民稼穑。正是因为有了"后稷教民稼穑"这个农业的基础,人们才知道了如何种植庄稼。这是人类史上的巨大进步,也是了不起的文明跨越。学会了主动种植,人类增加了求取生存的主动权。

我们在稷山,还知道稷山有"四宝",麻花、饼子、鸡蛋、板枣。稷山四宝,本质上都是农业的产品。板枣是稷山的宝,这种枣子与别的枣子不同,长得特别大,肉厚核小,味道甜香,久贮不涸,被列为中国十大名枣之首。

稷山板枣的主产区,在吕梁山麓老龙川和青龙川一带,有厚厚的沙砾层,涝时利于排水,旱时利于蒸腾,符合植株高大的枣树生长。再加上日照时间长,昼夜温差大,这里出产的板枣就特别甜。怪不得,稷山人称"六谷",除稷、麦、麻、黍、菽之外,稷山人是把板枣也作为一"谷"的。

自古以来,稷山枣农形成了一套自己的板枣生产系统,涵盖了板枣的整个生命周期。一年到头,四时流转,大地上生活的农人早就与自然磨合出了默契的节律。从板枣的培育、种植、采摘、到晾晒、储藏，从人的出生、成长、婚嫁、生育、老去，每一个环节中，人与土地呼应着彼此的节奏。板枣的生产，最有特色的，莫过于"枣麦兼作"的复合经营模式。既种枣，又种麦，这种模式让板枣树下的土地得到充分利用，种植麦类或其他作物，既提高了土地的产值，又形成了生态的互补，为板枣创造了更好的生长环境。在南方，农人们也惯于精耕细作，在林下养鸡，在稻田养鱼，冬小麦，春油菜，还有两季水稻，冬闲也种紫云英，弯弯曲曲的一条细土埂上，还见缝插针地种下几行田埂豆。这就是农民的智慧，也是农人的生存法则。生存从来是一件不容易的事，千百年来，饿肚子的可怕记忆已镌进人们的基因，敬畏天地，没有人胆敢鲁莽轻率地对待土地上的任何事情。

浇园的劳动号子，在枣园上空飘荡，简短有力高亢又齐整，这劳动的歌声是对生命本身的赞许。人们千百年来在枣园里摸索出来的生产方式和理念，不仅为当地带来了经济效益，更成为了一种珍贵的农业文化遗产。板枣的这一生产系统，因其独特的价值，入选中国重要农业文化遗产名录。

诗曰：八月剥枣，十月获稻。

站在稷山枣园里，我想起我的南方水稻了。

关于枣，我知道它是好东西。在我的家乡有一座山。有个孩子上山砍柴，在山上看到两个老人家在下棋，他也驻足看了一会儿。后来老人给了孩子一粒枣，孩子吃了，不觉得肚子饿。后来天都快黑了，老人家说，咦，你怎么还不回家。孩子才想起来要回家，一摸斧头，发现斧头柄都已经朽坏了。那座山，我们就叫它烂柯山，柯就是斧头柄的意思。

山中一日，世上千年。仙人给的一粒枣，让人一千年忘记了饥饿。我们还是在枣林中行走，漫无目的，古树与花，一老一新，老的持续老,新的年年新。这奇异的感受,也是生命不息的秘密。

不知行多久,眼前忽然一亮,不知道什么时候,这林中冒出一片白色的帐篷来。这不是时下最流行的星空帐篷吗?是旅人趋之若鹜的网红打卡野奢酒店吗?我当下即感叹,稷山人还是有思路,文旅做出了新意思。这样的古枣林中做一间非永久性建筑的"轻"酒店,真是让人赞叹。要知道,这可是在北方,在山西的农村;要知道,这可是在稷山,一个小小的县城——而不是在上海北京广州的郊区;不是高消费的旅游人群集聚地……

与此同时,我便在心里感到惭愧,也暗暗检讨,为自己的刻板印象和先入为主的简单思维。

再前行不久,就见到了一座颇有野趣的装满落地玻璃的现代建筑。莫非有咖啡?我顿时兴奋起来。几天来没有喝上咖啡,且旅行疲累,真想坐下来喝一杯。推门进去,一问,果然有咖啡。我便邀了王威廉一起,脱离了众人,坐下来喝了一杯咖啡。

坐下来,喝一杯咖啡,也就此认识了燕子。我去和咖啡师攀谈,想了解这里更多的信息,这个咖啡师就是燕子。她是本地村民,原来有一手做花馍的好手艺。后来因为板枣公园有了星空庭院野奢民宿,她就应聘来当了主管。燕子做事情,可麻利了,在给我们调制咖啡的同时,还接着电话,安排民宿的房间。挂了电话,又指派服务员去做一件什么事。

此时此刻,我恍惚觉得身在北京或上海的都市中——乡野与城市,时尚与古老,在这里完美融合。燕子在此上班,为许多远道而来的游客旅人服务,还能照看家里的事,一举多得。燕子说,现在乡村越来越好,那么多游客慕名而来,与古枣林大自然亲密接触,感受难得的悠闲时光,她自己也深觉自豪。乡村在今日,已从千年的时光里醒来,正焕发出蓬勃又全新的生机——简直是和这千年枣树的新花一样。

"红枣枣,甜枣枣,甜甜的枣儿哄宝宝,宝宝吃了甜枣枣,香香甜甜睡觉觉。"不知道什么时候,耳边响起了《枣儿谣》。这是稷山本地的一首童谣。黄昏时步出枣园,在村庄的露天餐厅吃晚饭,看天色渐晚,枣园与村庄一并沉入幽蓝的暮色中。《枣儿谣》还在耳畔萦绕,身心悠然如梦,如花香,飘飘荡荡。

他们的村庄

一

去翁山。

一路山环水绕,不时可见到路牌上有一个字,"垟"。外垟。北垟。梨垟。温垟。现在打这个字还会有点小小的麻烦,五笔不容易打出来。"垟",指的是田地。

田地,是山里的人们最重要的资产。

翁山,以前是一个乡,后来乡镇撤并就不叫乡了,叫作"社区"。这个"社区"归属于筱村镇,大家已然习惯的"翁山",由几座分散隐藏在深山里的村庄组成,因为在高山上,常被人称叫"崖上人家"。山高涧又深,水流隔阻道路,就需要桥。桥是道路的一部分,有了桥,断开的道路就能被接通。浙南泰顺这片土地上有不少桥。

不完全统计,泰顺境内现存各式各样的桥梁958座,其中保存完好的古代木廊桥33座、石拱桥266座、石平桥111座、碇步桥248座。这些数字,不知道是何年何月统计。有的桥会忽然消失,有的桥又重新生长出来,总之,泰顺被人叫作"中国桥梁博物馆"或者"千桥之乡"大抵没有错。

我去翁山的路上,就不时见到一座座古桥横跨在流水之上,静默之中,自有一种气定神闲。村中老人荷锄挑担,从桥上过,去外垟,去北垟,去梨垟,去一片片田地,或者走上古道,去往更远的地方。

翻开厚厚的《翁氏宗谱》,竖排的文字,透着一种古老的敬意。其中记载颇多乡人造桥之事——

乾隆四十三年(1778年),山峡北垟木平廊桥建成。

乾隆五十五年(1790年)十月十七日,外垟郑岙木桥建成,一九二九年五月二十日,翁柽重建。同年,三房翁良馨迁居大昌;三房翁良滇移居库岭单田。

乾隆年间,外垟旗峰桥建成。现存单孔石拱廊桥,为民国十三年(1924年)重建。

嘉庆二年(1797年),梨垟村水尾石拱廊桥建成。光绪丁亥年(1887年)重建。2004年扩建。2018年旧石拱桥被拆,改建水泥结构平桥。

嘉庆三年(1798年)冬,翁良馨、翁廷辉为首建成燕溪坑碇步。

我们去访旗峰桥。

在人烟比较密集的原翁山乡政府所在地外垟村,沿一个路口右拐,前行数百米,见得一溪。溪中流水潺潺。水中有一座碇步桥。人在碇步桥上站定,往右手边一望,顿时发现溪涧上现出一座古朴雄浑的石拱木廊桥——旗峰桥。

这是两座桥的呼应。

这座碇步桥,其实是人类最古老的堤梁桥。乡人们也称呼它"琴桥"，因为一个一个碇步立于溪中，就像是琴键。泰顺最为人所熟知的，当是修建于清嘉庆年间的仕水碇步，全长133米，共223步，每步由两块平整条石砌成。仕水碇步是我国现存保留最完好、最古老、最长的古代碇步桥。

除了著名的仕水碇步，其实还有很多小型碇步桥低调地隐于人间，有时是随意放置的几块垫脚石，有时是特意建造的条石碇步，都不甚引人注目，却充满了乡野的趣味。比如与旗峰桥映衬相对的，正是这无名的碇步小桥。走过碇步，沿一条小路行数十步，即到旗峰桥头。

这座旗峰桥，在我们此行的向导、温州市廊桥学会会长钟晓波眼中，正有其独特之美——"洲岭乡的毓文桥、横坑乡的霞光桥、翁山乡的旗峰桥，在我看来，堪称泰顺三座最美的石拱木廊桥，与三条桥、北涧桥等木拱木廊桥相比别具风情，很值得一看，毓文桥秀美典雅，旗峰桥厚重大气，霞光桥兼而有之。"

晓波踏着碇步过溪，时而拍我们，时而拍桥，跑前跑后。看得出来，他对于眼前的乡野与眼前的旗峰桥，都早已熟悉如旧日知交。

沿小路拾级而上。

傍垟溪，村庄水尾，旗峰桥南北横跨，锁住了一个地方的福祉。廊桥一直有风水学上的功用，在泰顺人眼中，廊桥修建于水尾，能把好运与福气留在村庄。这条傍垟溪穿村而过，到旗峰桥这里水流尚缓慢，两山夹峙，野幽林深，风景静美。再往下约百米，忽然大山大水呈现眼前，脚下山峦起伏，云雾奔涌，抬望眼一览众山小，才知身在万尺山峰之上。傍垟溪水至此，不知是化作了流云，还是跌成了飞瀑？反正下游就有一个三重漈景区，其中的金钟潭瀑布也就是千仞绝壁飞流直下的壮观景象。

每一条溪水，都往低处流。老子《道德经》说，上善若水，水善利万物而不争，处众人之所恶，故几于道。水一路往下流淌，滋润万物，如此跌宕，这座旗峰桥了然于怀，见证一切。

告别旗峰桥，众人又去寻访另一座野廊桥，位于桥底自然村的郑岙桥，又叫桥底桥。此桥是木平梁混搭石拱木廊桥，宋代始建，民国十八年重建，南北向横跨于门前岭溪上，为单孔木廊桥。

我们去的时候，发现桥边正在大兴土木，修建一条长廊。原先桥头的一座小亭子被挪换了位置，如今的郑岙桥已经被新修的长廊所遮掩，落差既低，交通功能也丧失，景观也无从谈起，便失去了此桥应有的意义。

见郑岙桥如此景况，晓波兄不由连叹几声"可惜！可惜！"

他从一人多高的坡上，纵身跳入溪中，多角度取景拍摄郑岙桥现状照片。溪中乱石横陈，行走不便，晓波左攀右援，想尽办法，一直深入到桥底部去拍照。

这座桥，其实并非什么高等级的文物保护单位，有钱时修葺一下，无钱时就任其沧桑，大概此前刚好有一笔钱，所以我们看到时各个构件焕然一新。这座郑岙桥，据晓波说，最初曾见时更显古朴，因少人关注，而犹为遗世独立。此桥头不远处，有一棵千年柳杉，古桥古木，亘古的溪流与山石，历经沧桑的古老村落，显得如此和谐。

最近几年，我经常在泰顺大地上寻访古廊桥。我也深深地知道，每一座廊桥对于当地村民的精神意义，廊桥在那里，神明在上，人们的内心便觉得安宁。廊桥也因此为人们寄托了很多对美好生活的向往。

廊桥之上朴素的神龛里，神明们默默无言，长久地驻守，自有一份威严在此。过路旅人行经此地，都会驻足停留，小心翼翼地合十祈祷，保佑平安。廊桥保护专家季海波也告诉我，泰顺的廊桥绝不是普通的桥，它甚至反映了泰顺人的精神脊梁，它便是民众当中，心灵的那座桥，可以打到对方最柔软处的。

我在《流水辞：古老廊桥的隐秘之美》一书中写道，"礼失求诸野"，礼在哪里？在乡间。乡间蕴藏着深厚的文化，廊桥是承载这些内容的物质形式。

一座廊桥的建造，从开工到圆桥，把无数细细密密的传统习俗重新带回到人们的日常生活。在若干年的造桥时光中，整个族群的人得以温习千百年前的精神礼仪。在此时此刻，他们与自己早已离去的先辈们心意相通了。

在翁山，山环水转，峰回路转，不时就能发现一座廊桥隐藏在并不怎么显眼的地方。其实，一座座普普通通的廊桥，就像一个个普普通通的人，在自己有限的时光里，创造着自己的意义。

二

看罢了桥，于是去看那棵千年的柳杉。仰头望，真高啊。这棵千年柳杉，胸径巨大，我们试了一下，须得六人才能合抱。

树上挂了一块牌子，显示着此树的基本信息——

柳杉。

树龄：1015 年。

编号：0329111000079

柳杉为杉科柳杉属。柳杉是重要的材用和绿化树种，种皮药用；枝、叶、木材碎片可提取芳香油。该树树龄1015年，胸围701厘米，平均冠幅12米。

挂牌单位：泰顺县人民政府

挂牌时间：2018 年

晓波拍照。我很想去抱一抱此树。听说国外有一项运动，就叫"抱树"，最近几年也流行到国内来了——很简单，就是去拥抱一棵树。这个运动，也叫作"抱树疗法"，因为在印度的瑜伽体系中，人们相信树木具有某种能量，这些能量可以被人体接收到，并且带来一些好处。据一些科学家的可靠研究，说很多古老的树木都拥有自己独特的生物场，这种生物场对人具有一定的治疗效果，有时甚至优于药物治疗——简单地说，就是人与树木紧紧相拥，可以产生更多的幸福感，减少压力，改善情绪，获得快乐。

我坐在这棵古老的大树下，一直仰望它。我想这棵树，一千年来见过了多少人。诗人牵着瘦马，或带着书童从古道走过，在树下歇息和逗留。商人挑着货担，或是两手空空，也从这里走过，在树下歇息或逗留。这里远离尘嚣，是个隐居的佳处，也是远行者短暂停靠的地方。这棵树，见证了多少人从这个村庄走出去，成为有出息的人，最后又有多少人叶落归根，回到村庄，回到这棵柳杉的浓荫里，回到一座村庄的怀抱中。

一棵树其实就是一座森林。一千年来下来，一棵树一定保留了很多漫长光阴里的信息密码。对的，一棵树其实是一个秘密的集合体。这棵大树的一面朝阳，树皮皴裂干燥，另一面背阴，树干上长满厚厚的苔藓。再往上看还能发现，在许多枝干上，还附生着其他一些植物。这些植物又是如何生长出来的呢？是鸟儿衔来它们的种子，还是风儿刮来它们的基因？树上有多少个鸟窝，多少片树叶？树的秘密很多。总之，一棵大树成为许多小型植物或微生物的共生家园。在那些小生物看来，这棵大树，也许就是故乡了吧。

树上还隐藏了一些别的生物——松鼠会在傍晚的时候活跃起来，鸟儿也在晨昏之间鸣唱。我不知道这棵树上藏了多少种鸟类。如果我是

野外的事情 | 205

一名观鸟高手，一定很愿意在这棵树下观察个十天半个月，记下每一只在大树中落脚的鸟儿的名字。不妨就叫作"访客登记本"吧，我是大树的观察员兼门卫。在这件事情上，我会十分忠于职守，尽管村庄里的很多小孩拜此树为"干爹"，他们也会在合适的时候过来看望"干爹"，但我不会让他们在树下点燃香烛了。这多危险呀，香烛的炙烤将会令大树难受，更别说还有隐藏的火灾风险。我也不会让施工人员在大树周围浇灌水泥路面，就让泥巴的路面杂草丛生好了，这样反而透气舒展呀。我更不会放任他们安装大盏射灯，在深夜还把强光照射在古老的树干与枝叶上。大树可不需要这些射灯，它有皎洁的月光与微弱的星光就够了。月光也并不是每夜都有，星光更加遥远，这样就好了，其他的夜晚就让古树在亘古的大地上休憩吧，风也来，雨也来，日头升起来，月亮落下去，这就是大树的日常生活。

如果大树的客人们来了，就请自便。松鼠在枝头如履平地，自由来去。鸟儿会把大树当作航空母舰基地。蚂蚁日夜奔忙，一棵大树将会让它们在勤劳的跋涉中耗费一生，而事业仍然未竟。如果年轻人来了，就让他们过来抱一抱，贴着大树沧桑的树皮，闭上眼睛静静聆听一会儿。大树将把自己遥远的心跳和枝头与风的呢喃一并传达给他们。祝愿他们安宁，幸福，不慌不忙，过好自己的每一天。

告别了这棵 1015 岁（算下来现在已是 1021 岁了）的大树，我们又去寻访另一些大树。在翁山，这样的古树有很多，这真是叫人感到安慰。向导翁晓互兄说，几百年的古树，在这村庄附近很常见，坑底有一棵五百多年的南方红豆杉树。

碰到另一群大树，是在翁氏宗祠前。

这是在坑底村，宗祠前散落生长着一个柳杉群落。树参天而长。这情景，让我想到京都，京都的寺庙多，古树也多，人行在那样的古树之下，便会觉得安静祥和。万物有灵，散落在宗祠前的十来棵古老的柳杉，也是风水林，当地村民说已有两百多年。

这些古老的大树荫蔽村庄，让村落不显山露水，却有一种沉着的底气。当地还有一句话，"翁山四条岭，代代都戴顶"。这样的高山村庄很能出人才，翁山翁氏在北宋年间迁居于此，宋代出进士一名，清代出秀才210多名，到了民国和新中国成立之后更是人才辈出。这样的地方，不正是好风水吗？

我们今天看来，所谓好风水，正是一种向善、向上、向学、向美的好风气，是世世代代人们传下来的耕读精神。

三

行在翁山，深觉翁山有福。

说翁山有福是因为，翁山有峻峰，有幽谷，有廊桥，有古树，有祖先，有乡贤。如果说，一座村庄有什么东西是最宝贵的财富，那么，这些便是。

祖先也仿佛生活在这古老的村庄，祖先们从未离开。这是我在走进翁氏宗祠时想到的一句话，这句话一下子让我豁然，并对中国大地上的宗祠有了新的认识。

在翁氏宗祠，除了"要好儿孙须从尊祖敬宗起，欲光门第还自读书积善来""继先祖一派真传克勤克俭，教子孙两行正路惟读惟耕"这样的楹联，还高悬着几块匾额，细细读之，令人感佩不已，且容我摘抄于此：

> 翁君卿晓，道兴公之后也，业商于沪上，名颇显。祖学温，

号玉山，简朴敦厚，风节高亮，执鞭横坑乡校四十余载，遇雨辄亲负弟子归庐舍，弟子莫不涕零感激。父士禄，睿智豁达，急公好义，人有倒悬燃眉之急，闻则慷慨解囊相济，尤关心乡梓公益，每修桥铺路，俱争先荷任之。翁君生性爽朗，颇有父祖遗风，抚贫恤孤，常引为己志，为每言行事磊落，使无愧于身后也。适族人欲重修家庙，追缅祖德，嗟缺资而难毕其功，使君闻，君言吾本翁氏裔孙，同枝同气，敢不尽绵薄力哉。即献金百万，家庙所缺之资，遂舒渴，越一年，刻期而成，其间君之力甚巨，后来人得以不仰之乎。翁氏宗祠修建首事启。二〇一〇年冬月。

翁公学兰，字馥蕙，躬耕于陌上，不求闻达，性笃厚，常扶老济困于乡，梓人所称道哉。同中兴水利，困于金焉，公以古稀之年，趣诸衙门，殚精竭虑，游说其间，事得以成。公有四子，长曰大尹，次曰细尹，曰士献，曰士恩，皆业商于粤省会。家庙重建，募金于族中，公之四子乃捐资廿五万，共襄盛举，其好善乐施者，岂举手之念耶。仁心可鉴，皆翁公之言传身教也。翁氏宗祠修建首事启。二〇一〇年冬月。

翁公宗财，邑巨商也。早岁创业艰难，公持之以恒，业遂大成。抚今追往，每念及人如我早岁时怅然而太息，遂出巨资百万，设助学基金会，莘莘学子受惠多矣。公性纯孝，常与后辈云尊老爱幼，国之美德也。每以身作则，里中有年逾耋耄者，皆助以金，使老有所养焉。又邑南院有学子贫，公恒助之，使其学业成。公之子二，曰学云，曰学军，皆能继父业也。适家庙重建，公父子助金拾伍万元，解渴一瓢，其意能以远近道之乎。翁氏宗祠修建首事启。二〇一〇年冬月。

翁士罗，翁山十字路人。性笃仁，恭而有礼，业冶炼于粤省多年，家室颇殷实。闻乡梓重修家庙，以展木本水源之念，遂助金十万，为添椽瓦耳。古人云，慎终追远，民德归厚矣。诚哉斯言。想世之不匮孝思者，翁君亦其一也。翁氏宗祠首事赠。二〇一〇年十二月初三日。

慎终追远，民德归厚矣。读着这些牌匾上的文字，尽管其中很多字句，是对乐善好施之乡人的赞誉之辞，但这样敦厚朴实、急公好义的民风，乃是代代相传。这些人的名字郑重地写在牌匾上，高挂在宗祠的显眼之处，深深影响着每一位走进宗祠的族人。

过去人修桥铺路，做公益事，想为下代好，有的还自己做头人、做首事，修建廊桥，积德行善，这种风气一直浩荡吹拂，时至今日，泰顺大地上仍有非常多的人在做着公益事业，为许许多多老弱提供帮助。

同行者中，翁山的乡贤翁骁友，就是热衷于公益事业的人之一。

成立于 2019 年 9 月的浙江至爱公益基金会，由翁骁友在内的几位温州企业家组建。他来自翁山这样的深山，有着山里人的简单思路，"谁对我好，我就对谁好"。翁兄说，他自小承蒙家族前辈的帮助，所以一直心存感恩。用公益的心态去做企业，是他目前找到的一个方向。

翁兄从 2013 年开始做公益，在他的眼里，从 2016 年 "翁山书院" 的资助，到至爱公益的创建，再到与 "高温青年" 的合作，都是志同道合的人自然而然汇聚在一起的结果，就像河流总是能够找到大海。在疫情期间，翁骁友和他的浙江至爱公益基金会，通过遍布全球的温州人网络，从海外采购了价值千万元的各类防护物资，捐赠国内抗疫一线。除此之外，他们还扶贫助学，敬老爱幼，做了大量的事情。

在翁山的梨垟村，有一个古建筑群，为 "外翰第" 旧址。乡贤、媒体人翁晓互就这里等我们，并与泰顺当地作家一起参观外翰第。翁山 "外翰第"，俗称大厝，占地约 4700 平方米，是由清监生翁如陵建造，四进院落，有 116 间房屋。这座大厝，人才辈出，从清咸丰到宣统短短的50多年出了2位岁贡生、1位增生、7位监生和8位庠生，可谓书香门第。

现在，"外翰第"已被重新开辟出来，变成了一座"翁山书院"。空荡荡的旧房子里，到了夏天，重新被热烈的阳光和琅琅的书声盛满。

这座翁山书院，也是八年前翁骁友兄出力资助的。

现在，当我们走进翁氏宗祠的时候，一下子也就明白了，为什么这样的深山里会有醇厚、乐善的民风。"一年之中，重要的时节，族人们都会回来拜一拜祖先的。"翁氏族人翁士矿说。当年宗祠重修，他也是首事之一。

每年的中元节，很多考学生都会来此祭拜。

考上好学校的，拿了奖状的，成绩优秀的，上了大学的，考上研究生的……济济一堂，都在这座祠堂里向祖先汇报。然后，摆宴席庆贺。然后，公益基金会还会给予相应的奖励。

人们相信，祖先一定站在高处，笑呵呵地看着这一切。

四

翁晓互的家，就在一片田野中间，几步路之外就是"翁山书院"。

在这座浙南海拔最高的书院里，有一棵三百年的桂花树。每年金秋时节，桂花盛开，满村飘香。在县城上班的晓互总是会回到自己的村庄来，在馥郁的花香里读读书，写写文章。

翁骁友一年之中的大多数时间都在天海南北奔波，可能是在国内，也可能是在国外。但只要有空，他也都愿意回到自己老家，陪父母吃饭，在自己家的茶室里静静喝茶。

在他的小茶室里，右手边有一个小条幅，上面写着"太史峰"三字。

"太史峰，在翁山之北，下临深溪，莒水之源出其下。山高峭，插天如卓笔，远见百里外，中有雷鼓潀，山后十余庄，皆姓翁。"（《分疆录》）

太史峰，海拔 1005.5 米。翁骁友说，太史峰就是家乡。不管走到哪里，走得多远，都不能忘了太史峰。

春秋消息花千树，天地盈虚水一池。

这是他们的村庄——是廊桥的村庄、古树的村庄、祖先们的村庄；是翁先祖、翁柽、翁同文、翁晓互、翁骁友和一位位面容平和的村民的村庄；是飞鸟的村庄，桂花的村庄，瀑布的村庄，是无数古老事物共居的村庄。

翁山因此有福。